# あの日見た花の名前を僕達はまだ知らない。 上

岡田麿里

# いつだって、いつまでだって、なかよしなんだ――

昔は仲よしだった幼なじみたち。「超平和バスターズ」を名乗り、いつも一緒だった6人だが、高校生となった今はばらばらに。引きこもり気味の、じんたん。ギャル友達とのつきあいに必死の、あなる。進学校に通う、ユキアツと、つるこ。高校には通わず世界を旅する、ぽっぽ。そして一人だけ昔と変わらない少女、めんま。突然じんたんの前に現れためんまが「お願いを叶えてほしい」と告げたことから、6人は再び集まり始めるが……。

**めんま**
**本《ほん》間《ま》芽《め》衣《い》子《こ》**

色白で、どこかはかなげな印象を与える少女。天真爛漫な性格で、六人のなかではマスコット的存在。

**じんたん**
**宿《やど》海《み》仁《じん》太《た》**

昔は幼なじみ六人の中心的存在だったが、高校に入ってから軽い引きこもり中。

## あなる
## 安城《あんじょう》鳴子《なるこ》

派手な外見のギャルだが、実は高校デビュー。じんたんの同級生。

## ユキアツ
## 松雪《まつゆき》集《あつむ》

顔もよく、育ちもよいので、小さいころから苦労したことがない。おまけに頭もよく、進学校に通っている。

## つるこ
## 鶴見《つるみ》知利子《ちりこ》

まじめな優等生。趣味は読書すること。ユキアツと同じ高校に通っている。

## ぽっぽ
## 久川《ひさかわ》鉄道《てつどう》

昔は身体が小さくてみんなの弟分だったが、今は立派に成長。高校に行かず、世界を放浪して暮らしている。

あの日見た花の名前を
僕達はまだ知らない。

# あの日見た花の名前を僕達はまだ知らない。上

岡田麿里

角川文庫
19804

# 目次

# きおくそのいち

あの場所での遊びなんて、考えるまでもなく無限だ。木の下のやわっこい土をほれば、カブトムシの幼虫がわんさか。川原でなるべくひらたい石を拾って、水きり。松の葉っぱで相撲をして、だるまさんが転んだもいい。
色鬼はイマイチかもしれない。山ん中でする色鬼は、緑と、茶色と、灰色ばっかりだ。他の色は、どこにある？

――ああ、あの色が。白がある。彼女がいつも着ているワンピースの白。

でも、その白は。風呂場《ふろば》のタオルクラゲみたいにふわり、一瞬の空気をはらみ、そしてぐんぐん藍《あい》に変わっていくんだ。

あの場所から、白が消えても。

明日《あした》は、目の前でたったいま消えていく白のかわりに、自分が白いTシャツを着ていこう。ぼんやりと、そんなことを決めた。

# 夏の獣

夏の終わりのだらつく暑さ、だらだら伸びた前髪が瞼《まぶた》のあたりを刺激する。二日風呂に入っていない、汗とあぶらでコーティングされた毛先にねっとりした感触を感じるから、小さく苛立《いらだ》って輪ゴムでとめる。

自らの精神世界にダイヴし、巣食う七つの大罪、そして八つめの未知の欲望と戦う……なんて中二の寝言じみたテレビゲームに、俺はすでに百五十六時間を費やしていた。

女性器をわかりやすくデフォルメした《色欲》は、くぱぁくぱぁと開いたり閉じたりをくりかえす。そいつらを片っ端からさくさくと殺し、ついでにさくさくと時間を――高校一年の夏を、ただひたすらに浪費していく。

くぱぁくぱぁに蟬が鳴く、暑い。

なんて露骨なデザインだ。モニターにどどめ色のくぱぁ。中心から奇妙な汁をはきだすくぱぁ。風呂に入っていない自分を棚にあげ、きたねぇな、と思う。見苦しい不浄の存在は、片っ端からマシンガンで撃ち抜いて――。

「じんたん、これってルージュラ？」

「ルージュラじゃねぇよ」

「でも、唇ぶっといよ？　なんか、ルージュラの《はとこ》っぽいけど？」

――じんたん。

その甘ったるい声は、俺が自家生産した汗あぶらよりもずっと強力に、べったりと皮膚にはりついてくる。

「はとこって、どういうことか知ってるじんたん。あのね、おじいちゃんのいもうとのね、こどものこどものね、だからめんまにしたらキーくんなんだけどね！」

「………………」

……たぶん、俺は、腹が減ってる。

暇やら空腹やらの隙間があるのは、非常によろしくない。余計な感情が、その空白にむりくり入りこんでくるからだ。

手軽かつ迅速に、空白を埋めなくてはいけない。こんな時は……。

「……塩ラーメンだな」

「わあっ。塩ラーメン、めんまも食べるぅ！」

居間とつづきになった台所に立って、ちっとマッチをする。接触がいまいち悪くなったガスレンジ、ガスの香りに火種を近づけると、んぼうっ。大げさな音をたて、燃えあがった。

俺は塩ラーメンが好きだ。湯が沸騰したなら、細心の注意をもって、静かに卵を割り入れる。けして混ぜたりはしない。

「あっ。卵はかきたまがいいの、かきたま！」

……そう。けして、かきたまにはしない。月見状になった卵を、箸《はし》でちょんとつつくんだ。ぶちゅうと出てくる半熟の黄身を麺《めん》にからませれば、かきたまより数段大人の味……。

「やだぁ、固まっちゃうよ！　卵まぜて！」

「…………」

俺は、非現実を受け入れない。

UFOやらUMAやらMMRやら――……幽霊、やら。

「すぅ……」

鼻から静かに息をすう。知らず乱れる呼吸をととのえる。

受け入れられないのなら、最初から無視。わずかでも意識した時点で、それは受け入れてしまったことになるから。

「あーんほら、ふかふかしてきた！　まぜて……まーぜーてーッ！」

三分だ。たった三分でできあがる。

なのに、ゲームをしてればあっという間の三分が、今はあまりにも長い。

麺よ。どうか、速やかに激しく茹《ゆ》であがってくれ——と、じりじり祈ったそのとき。

調子が悪いインターホンから、調子っぱずれの音痴なチャイムが鳴った。

「出ないでいいの、じんたん？」

「………」

親父が仕事にいってるあいだは、何度インターホンを鳴らされたって、完全に無視を決めこむのが通例だ。

だが……人間、いっぺんに無視できることには限界がある。このチャイムは、天の助けというやつかもしれない。

（いまのうち、逃げ出しとけ）

偶然に感謝して、鍋《なべ》の火をいったん切る。もう卵はぶちゅうの月見にならないだろう、それどころか麺ものびまくりだろうが、仕方がない。俺は玄関へと向かった。

「いまだっ、まぜろーぅ!!」

がちゃがちゃと鍋の中の卵をかきまわす気配を、冷や汗の軌跡の残る背中に感じながら——。


「はい……うっ!?」

ガラガラと、立てつけの悪い引き戸をあけると——そこには《色欲》の具現化、女性器を顔面にくっつけたような女がいた。

「……どぉも」

軽く日に焼けた肌に、違和感で浮かびあがる水色のシャドウ。あからさまな露出……わざわざ侘《わび》しい未成熟なブツをさらけだすところが、妙に生っぽく、気分が悪い。くぱぁ、だ。

「なんだ、元気そうじゃない」

「あ、ああ……」

なんて厄日なんだ。

衝撃につぐ衝撃……くそ、一掃してしまいたい。あのゲームのマシンガンで、こっちの現実もあっちの非現実も、すべてを一気にババババババ。打ち抜いて――。

あれ、ちょっと待てよ？

こっちが、あっちを見てしまったら……どうなる？

「……これ。担任に頼まれた、夏休みの宿題」

目の前の女は、プリントの束をつっけんどんに突きだしてきた。

「はぁ？ 夏休みって……お前、もう八月おわんだろ、あと二日しか残ってねーじゃんか！」

すさまじく久しぶり、いやそれこそ三年ぶりに口をきいた女を、俺は反射的に責めていた。軽くよぎった疑問を、思わずほっぽりだして。それに対して、

「いいじゃない。あんた、ずっと夏休みみたいなもんでしょ？ それに私、宿海《やどみ》と違っていろいろ忙しいの」

女は、浮ついた外見とは逆に、かなりの安定をもって言ってのける。すさまじい時間の経過をまったく感じさせず、まるで俺のことなど、すべてお見通しかのように。

なんだ、イラつく。

「どっかに捨てりゃいいだろこんなもん……どうせあんなアホ高《こう》、もう行く気なんてないんだし」

思わず吐き捨てた、瞬間。水色のシャドウが、ふっと色を濃くした気がした。女の唇が小さく動く。それは声にならない。

「ん……？」

なんと言おうとしたんだ？　気を取られた、意識した俺に……。

空白が、襲ってきた。

隙間ができてしまったんだ。その、ガードの甘くなったところを狙って。女は、えぐるような一言を放つ。

「あんた、みっともないよ」

「なッ……!?」

オレハ、ミットモナイ？

かあああっ、と、耳のあたりが熱くなるのを感じた。お前なんかに何がわかる？　言い返したい。何か気が利いて、なおかつコンパクトで、最大限にこいつにダメージを与えられる言葉を……！

「あれぇ、だれぇ？」

「！　………」

……背後からの声に、すうっと、熱くなったあちこちが一気に冷えていく。

振りかえらずに、目の前の女——安城鳴子《あんじようなるこ》の顔色をこっそり窺《うかが》う。俺の視線に、怪訝《けげん》そうに眉《まゆ》をひそめている。そう、あくまで《俺の視線》に対してだ。

安城には、見えていないのか……？

「どうしたの宿海、顔色悪いよ？」

安城の放った一言に、背後の問題物件は「ああっ！」と甲高い声をあげた。

「その声！　わかった、あなるだぁっ!!」

あまりにも無邪気に放たれる、禁断ワード。

「なッ……あなるって言うな!!」

俺は反射的に遮ろうとした。それは、相手がいくら具現化した《色欲》といっても、昼時に投げかけるにはあまりにも不適切な……。

「……あ」

目の前の安城の頬が、どどめ色よりも数段鮮やかな色あいに、みるみる染まっていく。そして、

「あ、あ、あぁ……なる、って言うなぁッ！」

俺が放ったのとまったく同じ台詞《せりふ》を、そっくり繰り返した。やっぱり、俺に対して。

なるほど。

安城にしてみれば、《あなる》発言をしたのは俺なんだ。己の日焼けした腕をべたべたと触りながら「あなる、あなる！」と連呼している存在は、俺と同じく完全に無視を決めこみ——……いや、無視じゃない。これは。

これは、やっぱり。

「きゃあああああっ!?」

ばたん。俺は、意識を失った。

あの頃の俺は、こんなじゃなかった。

その暑さを、じりじり肌を焼く陽射しを、一片も不快になんて感じなかった夏。小学五年生の夏。俺達は、いつも一緒だった。

小学校の裏手の山、もう使われていない炭焼き小屋に、それぞれのくだらない宝物を運び込んだ。俺達だけの秘密基地。夏のどんな時間だって、そこで遊んだ。どんな記憶だって、そこでおぎゃあと産声をあげた。

俺達の名前は、《超平和バスターズ》。

知ったばかり、覚えたばかりの言葉、バスターズ。どうも、強い奴らのことらしい。平和を守って、わるものをやっつける……崇高な願いをこめて命名した。そう、発案したのはリーダーである俺だ。

俺の意見に反対する奴は、ここにはいない。すべてにおいて、俺が一番だから。駆けっこだって、算数のテストだって、硬筆展で銀賞だってもらった。

「へーえ、バスターズ！　なんかわかんないけど、かっこいいなそれ！」

ユキアツは、ナンバーツー。音楽の成績は俺より上だけど、他は全部、俺にはちょっとだけ追いつかない。

「超っていうのが、強そうだねぇ……」

鶴子《つるこ》は、とことんマイペースな奴だ。絵がうまいけど、描くのはいつもお姫様だったり妖精《ようせい》だったり。もっとイカついのを描けば、秘密基地の壁に飾ってやるのに。

「そういう名前にするんなら、ちゃんと平和、守らなきゃだよ？　みんな、できる？」

あなるは、やたら真面目で、几帳面《きちょうめん》。秘密基地の掃除も、言われてないのに勝手にする。ジャージの袖《そで》で鼻水を拭《ふ》くと、怒るし。親戚《しんせき》のおばさんみたいだ。

「うおおっ、マジかっけーよ。じんたん！」

ぽっぽは、ちびでビビりでみそっかす。でも、ときどきパンツとか脱いで面白いから、仲良くしてやってる。

「じゃあ、きまりだねっ。ね、じんたん！」

そして、めんま。

めんまの甘ったるい声は、俺にいつも発破をかける。すぐビービー泣くめんま、涙に濡《ぬ》れるとその瞳《ひとみ》は、海を透かしたビー玉みたい。

じいちゃんだかが外人で、クォーターってやつらしい。優しげなミルクティー色の髪は、光の下ですうっと透けて。それが鼻先をかすめれば、うっとりするような、知らない花の香りがする……。

めんまの声が聞こえれば、俺はいつだって走り出す。めんまに一番、かっこいいところをみせる。

そうだ。リーダーである俺は、みんなより少し先を走っていなくちゃいけなかった。転ぶなんてかっこ悪いこと、許されない。

転ぶぐらいなら、俺は飛んでやる。

なんて、ガキのくせに。どこかで思っていたけれど。

――飛んだのは、俺じゃなかったんだ。

ブオオオ……ゥ。

B29の羽音が、遠い過去から響いてくる。

夏休みの自由研究、《超平和バスターズ》は戦争を調べた。《戦争を調べる》そのあまりに雑かつ曖昧《あいまい》な趣旨をもって、近所のよぼよぼのじいちゃんに話を聞きに行った。

《ああ、ちょうどあんたらとおんなじ背丈の頃だ。弟を抱っこして、防空壕《ぼうくうごう》に駆けこんでなぁ。弟が股《また》ぐらんとこしがみついて、ずっとほっかほっかしててよぉ……》

ほっかほっかの股ぐらに、目をやれば。

「！　…………」

すんなりした足が、がっちりと俺の太ももを挟んでいた。

俺の腕を枕にし、脇のあたりにすりつけられた寝顔の、びっくりするほど長い睫毛《まつげ》。

そして、鼻先をかすめる——うっとりするような、香り。

「俺は……病んでる、な」

ブオォゥ、扇風機が首をふり、物憂げに否定を続けている。意識したこともなかったが、優しい奴なのかもしれない。

今、俺は、非常事態におかれている。

この香りには、この寝顔には、心当たりがありまくる。だけど、見覚えなんかない——だって。

「ん……」

白いワンピースの胸元から、彩度では劣るものの圧倒的に眩《まぶ》しげな白いふくらみが、ふんわりと覗《のぞ》く。俺が知っているあいつの該当部分は、なにかしら感情を抱けるほどの主張はしていなかったはず。

俺の下腹部に、無遠慮に乗りあげられた膝下《ひざもと》だってそうだ。質のいい肉の、ゆるやかでなめらかなカーブ。膝の鋭角に持ちあげられ、ワンピースの裾《すそ》がめくれあがったその先は。ここからは見えないが、おそらく……。

「…………」

下腹部のほどよい重み、コミのコミで……これは、脱出しないとヤバいことになる。思春期の性衝動を、こんな異常事態で暴発させるわけにはいかない。そうっと、そうっと腕を引き抜いて……。

「んー……」

ぎくっと、動きが固まる。問題の存在は、長い睫毛をぱちぱち。何度かしばたたかせて。

「あ……おはよ、じんたん」

ふにゃっ。こちらに向かって笑ってみせた。その、どこまでもゆるい笑顔は……ああ。

心当たりがありすぎて、くらくらする。

「よかったぁ。とつぜん、ばたんってなるんだもん！　死んじゃったかと思ったよぉ」

「………………」

死んじゃったかと、思った——……。

「う……うっ、わぁあああッ!!」

思わず絶叫すると、俺はおもむろに跳ね起き、走りだした。

「えっ……じんたん!?」

ガタガタダダ……バンッ!!

便所に飛びこみ、勢いよく扉を閉める。鍵《かぎ》をかけ、それだけじゃ収まらず、ノブをしっかりと手で固定する。

「どーしたのっ、じんたん！」

どんっ、どんガンぐ、扉が揺れている。

俺はつい何か月か前、高校が始まって一週間もたたないうち、外から家へと逃げこんだ。

家の中に逃げこめば、とりあえずの平和は保たれるはずだったんだ。なのに。こんな、思いもよらない侵略者が。

逃げ場所が、どんどんミクロになっていく。その頼りなさ――ここすら攻略されてしまったら、もう逃げる場所はない。最後の砦《とりで》は、なんとしてでも死守しなければ。

「うんこ？　ねえ、うんこー？」

……シリアスに、考えさせてもくれない。

俺は、非現実を受け入れない。心霊現象の類《たぐい》は一切信じていない。だけど……もし、こいつが本当に。

本間芽衣子《ほんまめいこ》――めんま、だとしたら。

どうして、あの頃よりも成長してんだ？　どうして……どうして。

「ど、どうして……お、俺んとこッ、出てきたんだよォ!?」

「えー？」

放った声が、裏返った。気づけば、膝ががくがく震えている。あまりにも情けないが、この緊急事態だ。仕方がない。

「お前っ、幽霊なんだろ!?」

「んー、やっぱりそうなのかなぁ？」

「どう考えたって、そうだろうが！　なんで今さら……しかもっ。でかくなって、俺んとこ来たんだぁッ⁉」

「うー……そんなこと聞かれたって、わかんないってばよ」

「…………」

わかんない、ってばよ。

あの頃に流行《はや》っていた、アニメキャラクターの口調。その脱力する響きに、足の震えが勝手に止まった。

「ただねー、たぶん。お願いを叶《かな》えてほしいんだと思うよ。めんま！」

「お願い……って、なんだよ、それ……」

「それも、わかんないってばよ！」

どこまでも、能天気な。今の状況を楽しんでいるような、そんな調子の声音——。

ばたんっ！

「あ、じんたん出てきたぁ！」

……しっかりきっちり怯《おび》えているのが、あまりにも馬鹿らしくなった。

すっとこどっこいにもほどがある。幽霊なら幽霊らしく、俺を震えあがらせるなり、恫喝《どうかつ》するなりしろ。だって、それじゃあ。

「……叶えらんねぇだろ」

首をかしげ、「へ？」と小さな声をあげるめんまに、俺は前のめりに叫んだ。

「願いがわかんなくちゃ、叶えようがないだろ!?　なに考えてんだよお前は!!」

「ああん、唾《つば》飛ばしたー！　やだもー、バーリア！　もう、ちょっと待ってぇ……」

めんまは顎《あご》にちょこんと手をあて、わざとらしく考えるポーズをつくってみせた。

「んーと……それね、みんなじゃなきゃ叶えられないお願いな気がする！」

「みんな……？」

「そうだよ、みんなったらみんなだよ。超平和バスターズ！」

あ……と、粘つく何かが、喉《のど》の奥にからみつく。その、懐かしくもヒリつく響き。

超平和バスターズ。

「まず、あなるに頼もうよ！　さっき、ちゃんとごあいさつできなかった……」

言いかけためんまを、すぐさま遮る。

「見たろ。あいつはもう、お前の知ってる安城じゃねぇ」

「ええ？　あなるはあなるだよ？」

見た目は変わっても、中身はまんま子供、まんまめんま。話がまったく通じない。

「だから！　……あいつはもう、あの頃のあなるじゃねぇ。あのどぐされ売女《ばいた》に頼んだって、手ぇかしてくれるはずないだろ！」

「バカ女ってこと！　とにかく！　もう、あいつは友達なんかじゃな——」

「やだよッ!!」

ハッと、めんまを見る。色素の薄い瞳《ひとみ》は、涙をたたえ、海を透かしたビー玉の……。

「やだよ……あなるの悪口いうじんたんなんて、嫌いだよ！」

「……めんま」

「ねえっ、もっかいあなるんとこ行こうよ！　お願いしよう、じんたん！」

幽霊が、俺に、昔の仲間との接触を迫る。

泣きながら、迫る。あまりにも滑稽《こっけい》な、その状況に。その涙に——なぜか、ぴたりと合点がいった。

そうだ。こいつは、幽霊なんかじゃないのかもしれない。

俺の現状からくるストレスと、俺が抱えたトラウマ……罪の意識。それらが夏の暑さのせいでいっしょくたになって、ここに現れた。

そう考えれば、安城にめんまが見えなかったことにだって納得がいく。

ここにいるめんまは、俺が作りだした。

あの頃の、あの夏の俺が作りだした。この夏の俺を責めるために——。

「…………」

ふうっ。息をひとつ、つく。

腹の中にたまった、驚きと動揺。都合よく改変していたかもしれない、甘ったるい過去を一気に吐き出した。その勢いで。

「わかったよ……そのお願いってのを、安城にしてみりゃわかるだろ」

「じんたん！」

まだ、涙目のままで。めんまは嬉《うれ》しそうに、ふにゃっ。笑ってみせた。

そうだ、お願いしてみればわかる。

めんまも、あの頃の俺も、納得するだろう。

安城だけじゃない――あの頃とは、すべてが変わっちまったってこと。

外界の暑さは、家の中とは別次元だった。

夏の終わりの夕暮れの……なんて、美しい響きとはかけはなれ。なんだこれ、アスファルトがねばつく。靴の裏に地面がくっついて、うまく歩けない――だから、なかなか一歩が、進まない。

断じて、ビビッてるわけじゃないんだ。

「じんたん。おばさん、こんにちはーしなくていいの？」

俺の前を歩くめんまは、近所のババアがこっちを見てヒソヒソと顔をつきあわせているのを、軽く気にしている。

家の外、ってフィールドで考えれば。こいつらは、敵としてはかなり楽勝なレベルだ。こそこそしなくたって、じっと見つめ返せば、向こうから申し訳なさそうに視線をそらしてくれる。

ひるむ必要なんてないんだ。こいつらは、俺の人生になんの必要もないんだから。そうだ、誰にも引け目を感じることはない。俺のだらついた生活を責めてこない親父にだけは、ちょっとだけ、申し訳ないなと思うけど……攻撃されたら、とりあえず防御しなきゃだし。

雑魚《ざこ》への対応だけで、正直、精いっぱいってところがある。

「あれぇ、じんたん。あなるんちこっちだよー？」

俺は、道を選んでいた。同中《おなちゅう》だったやつらが、なるべく通らない道を。どの道を選んでも、景色はほとんど変わらないけれど。見渡せば、山、山、山。盆地ってやつだ、目の前にスーパーがあろうが公園があろうが、とりあえずその背景は、山。

こんだけあるんだ。一つぐらい、激しくぶっ壊れてくれないだろうか……これじゃ、どこにも逃げられないじゃないか。

閉じこもってるのは、俺だけじゃない。このくそったれな町そのものが、外からの気分を閉ざして、閉じこもってるんだ。

「あなるんち、ひさしぶりぶり、ぶりぶりぶりぅーんこっ♪」

めんまは。《トラウマとストレスがごっちゃになって、過去の俺が今の俺を責めるために現れたやーつ》は、ご機嫌だ。

「あなるね、じんたんがね、ばたーんてしたら。お部屋までひっぱってくれたんだよ。そんでね、タオルケットもかけてくれた！」

まじかよ……。

「でね、おなべの火けしてくれてね、あと、のびちゃったラーメンにラップして、冷蔵庫にいれてくれたんだよ」

気ぃ、ききすぎだよ……。

「あとはね、じんたんのことコタツの部屋までひっぱってるとき、なんかくさいって言ってたよ」

風呂《ふろ》、入ってればよかった……。

「あなる、ほんっとやさしいよね！　あ、でもあなるは……」

他人には見えない、聞かれることもない。それでも俺は、めんまを反射的に遮っていた。

「ストップ」

「あいつを……その、あ……なる、とか……呼ぶな。安城か鳴子かどっちかにしろ」

「ええっ、どうしてぇ？」

子供の頃、なんの考えもなしにつけたあだ名、《あ》んじょう《なる》こで、あなる。あの頃はなんでも、短縮するのがかっこいいと思っていた。スーマリしかり、ファイファンしかり。

子供とは、なんて恐ろしい獰猛《どうもう》な生き物なんだ。意味さえわかっていれば、アンコやらジョーナルやら、もうちょっと摘《つ》みどころがあったはず……だが。

「あっ、たんぽぽだぁ！」

「…………」

俺の話なんて、聞いちゃいねぇ。

《トラスト責め現れんま》は、呑気《のんき》にタンポポを摘んでいく。その光景が、あまりにも自然すぎて……この時期に咲いているのは、西洋タンポポ……なんて、ガキの頃。おふくろに教えられたのを、なんとなく思いだしていた。

「はい、ＢＣＧ！」

たんぽぽの茎を引きちぎった断面から滲《にじ》むねばつく液を。めんまは、ぽん。俺の腕にのせた。白い液が、茎の丸い形をそのまま、俺の腕にうつす。

「これは……」

「じんたん、なんだか具合悪そうだから。おくすりでーす！」

《具合が悪いのは、お前のせいだ》

言いたかったが、その笑顔はやはり自然、あまりに完璧《かんぺき》な《普通》だったから、俺は言葉を呑《の》みこんだ。

「あっ、ここにも。ここにもはえてるたんぽぽ！　たんぽぽ、ぽんぽん、たんぽぽーん♪」

めんまは、歌うみたいにタンポポを摘んでいく。親指をくい。花の部分にひっかけ、

「くーびちょーんぱ！」無邪気に、タンポポの命を散らしていく。

惨殺されたタンポポの頭が、ヘンゼルとグレーテルの道しるべみたいに、俺の行く先に……てん、てん、てん、てん。

やっぱりだ。

俺を責めるために、俺自身が生み出した、めんま。

恨み言はいわず、力わざを使わず。じりじりと、ダメージを与えるやりかたで、自分が《すでに、ここにいない》ことをアピールしてくる。

「じんたん、見てみてぇ！」

ああ、なんでこんな異常事態を、こんな冷静に受け止めてんだろうな……俺。この暑さのせいで、頭が働いてないんだろうか。

タンポポ惨殺にも飽きたのか、めんまは、線路沿いの木の杭《くい》によじのぼり、ぴょんぴょんと渡っていく。

また、ぼんやりとした頭で……めんまの、白いくるぶしを見つめていた。幼い少女のものじゃない、女のくるぶしを。

そういえばこいつ、靴はいてねぇな。なんでだ、足はあんのに。俺のトラウマの貧困な経験値じゃ、年頃の女の靴の形までは思い浮かべられなかったから……、

「きゃっ……!?」

めんまの叫びに、はっと、空白がうまれる。

ぐらりと、バランスを崩しためんま。木の杭のてっぺん、その十センチ四方の安全地帯から、足を滑らせて――。

「ッ……!?」

あの日、あの瞬間が、よぎった。

俺は、その現場を見ていない。

でも、何度も何度もくりかえし、遠ざけたくてもよぎって。まるで、それを自分が体験したかのように、ぬかるむ苔《こけ》臭い土の感触まで思いだせる。

あの日の俺は、一人で帰った。いつもなら、まだみんなと遊んでる時間だ。ムカついて、ふてくされて……そう、あの日は塩ラーメンじゃなく、みそラーメンを食べた。あれ以来食べられなくなった、ほんとは塩よりみそのほうが好きだったのに。

家の外で、親父の車が止まる。乱暴に車の扉が開かれる、ふっとよぎる違和感。力まかせに開かれる扉。騒々しい足音。ぐんぐんと違和感が濃くなっていって、そして。

「仁太《じんた》！　めんまちゃんが……！」

意味がわからなかった。

いや、わかりたくなかった。なのに……思考をシャットアウトしたはずの俺の目の前に、見た覚えのない映像が、あまりにものリアリティをもって、ぐわっと迫ってきた。

《めんまちゃんが》

いつもの、あの場所の。ちょっと降りたところにある、沢の。

《足をすべらせて》

あの、沢に繋《つな》がる斜面のとこの。松ぼっくりが腐ってるとこの。流れの深く、蒼《あお》くなってるとこに……。

《すべらせて》

「う——……うぁあああああッ!!」

飛びだしていた。

今、目の前で。木の杭から滑り落ちようとしているめんまを、抱きとめようとして。

あの日を巻き戻そうとして。そして——……俺の手は、すかっ。無様に宙をかいた。

「……じんたん?」

めんまが、きょとんと俺を見ている。バランスを崩した勢いで、軽く体をひねってこちら側に飛び降りたのだろう。

そもそも俺がうみだした幻想なんだから、もう死ぬことなんてない。なのに、なにテンパッてんだ俺は……ホッとしたと同時に、苦さや恥ずかしさやらがまぜこぜで、

「なにやってんだ！　お前……!!」

とりあえず叫んでみた、そのとき。

「……なにやってんだ？　お前」

俺とは、まったく違うニュアンスで。背後から男の声がした。

聞きなれない、低い声だ。でも、声に微妙に散らばった気配には覚えがある。心臓がひっくりかえりそうに、大きく一つ、波を打つ。

そこに立っていたのは――俺の第一志望だった、高校の制服。

超平和バスターズのナンバーツー、俺にはいつもなんでも、あと少しで負ける松雪《まつゆき》。

そして、おっとりマイペースな鶴見《つるみ》……。

いつの間に、追いぬいたんだよ？

お前ら、そんなにすごかったか？

それとも――俺が、転んだ？

「なにやってんだよ、大丈夫か？」

「！　あ、ああ――……別に」

何が別になのか、わからない。日本語があきらかに間違っているとはわかりながらも、目をそらし、帽子をかぶりなおす。

はやく立ち去りたい、ここから――。

「わぁああっ！　ユキアツに鶴子だぁ！」

めんまはキャッキャッと喜んで、二人の間を駆けまわる。俺の気持ちを考えずに……俺を責めるために？

「おい、行くぞめんま！」

苛立《いらだ》って、思わず口にした。

松雪の表情が、ぴたり。固まった。

「は？　めんま、ってなんだよ……？」

松雪の唇は、わずかに震えていた。隣に立つ鶴見が、不安そうに松雪と俺の顔とを見比べている。

俺に向けられているのは……明らかに、怒り。

「お前、いまだにそんなこと言ってんのか？」

「ちょっと、松雪」

鶴見が、松雪を横目で睨《にら》む。しかし、松雪はおかまいなしで。

「学校行ってないんだってな、宿海」

「!!」

ニット帽の中が、ぼこっと沸騰しそうに熱くなる。

どうしてそれを、お前が、っていうか……リーダーが、ナンバーツーに……馬鹿にされるなんて。

俺達のあいだに流れる、奇妙な空気に気づいたのか。大はしゃぎしていためんまも、こちらを心配そうに見つめている。

「ここらじゃ底辺の高校入って……結局はヒキこもって、本間芽衣子の名前呼んで。頭に、なんか湧いたんじゃね？」

「松雪。あんたいい加減に……あ」

言われずとも、俺は、もう歩きだしていた。

「じんたん!?」

背後で、めんまの声が聞こえる。「じんたんの悪口いうユキアツなんて、めんま、嫌いだよ!!」

俺は、走らなかった。ぎりぎり競歩だ。

走って逃げた、なんて思われたくない。無様な背中は見せたくない。角を曲がり、松雪らの視線からは逃れられたと思ったあたりで、ぶわっ。汗がふきだした。

いや。無様な背中は、もう見せちまった。ニット帽の中がむれて、痒《かゆ》くて。頭だけじゃない、そこらへんが痒い。風呂《ふろ》に入ってないからじゃない、血管が一気に……。

「じんたん、待って！」

背後からの、めんまの声に立ちどまる……でも、振り返りはしない。まんまと、こいつの願うとおりになった。

めんまの裸足《はだし》、その足の裏には傷一つついちゃいないだろう。わかってる。お前がやりたいことは、わかってる。

幼い頃の俺が、今の俺を責める。

ちゃんと俺が傷ついて。打ちのめされて死にそうなほどに過去を懺悔《ざんげ》する姿を、その目に焼きつけようってんだろ？

でもさ、めんま。それって。

「これで、よくわかったろ。みんな変わっちまったんだ……いや」

口を軽くもごつかせて、呟《つぶや》く。

「一番、変わっちまったのは——俺なんだよな、きっと」

「え……？」

「そろそろ、勘弁してくれよ」

「!!」

俺は、くるり。めんまを向いた。夕陽の逆光に、めんまの顔はよく見えない。でも足は。やっぱり傷一つなくて、すんなりしていた。

笑おうとして、顔の筋肉が奇妙な動きをした。それでも、笑うくらいはしないと、とうてい過去の俺は納得しないだろう。

無様な笑みに、過去の俺は、ぎゃっぎゃと腹を抱えて笑うだろう。いいよ、笑えばいい。だけど、もう。

「許してくれよ……わかんないかもだけどさ。俺、けっこう、大変だったんだぜ？あれからいろいろ」

「じんたん……？」

「ほんと、大変だったから……だから、もう。これ以上——……」

これ以上。次の言葉は、見つからなかった。俺は、そのまま歩き出した。かっこ悪い背中を見せて、かまわないと思った。

俺がうみだした幻想だから、それだけじゃない。めんまにだったら、見られたって、かまわないって。

あの頃は、いちばんかっこいいとこ見せるって、息まいてたのに。

めんまは、追いかけてこなかった。

暗い室内に、灯《あか》りをつける……ぱちっ。闇にひっそり息をひそめていた全てが浮かびあがる。

タオルケットはそのままに、扇風機だけがまだ、ひたすら否定をつづけている。足の指で、スイッチを踏みつけるように切る。

のびきったラーメンは、冷蔵庫にあった。もう食えたもんじゃないが、とりあえず放置する。

「…………」

ふっと息をつき、その場に寝転がる。

視界に、部屋のぐるりを飾る賞状が入りこんでくる。硬筆展、持久走、作文コンクール……俺の、過去の栄光の墓場だ。

どうして今は、こんなんになっちまったんだ？

受験に失敗して、くだらない高校に入って——いや。そんなことは、どうだっていいんだ。それが原因なんかじゃないんだ。

仏壇には、母親の写真。ずっと病院にいたおふくろは、俺が小六のときに死んだ。

めんまが死んで、ちょうど一年後の夏だ。近所のババアらは噂した。「多感な時期に、お母さんがいなくなったから」何もわかっちゃいない。それが原因でもないんだ。原因なんて……何かのせいになんて、できることじゃない。

とにかく、一つだけ言えるのは、

あの頃の夏は、こんなじゃなかった。


俺達は、超平和バスターズ。

どこもかしこも、全ての平和を守る。俺がリーダーだ、当然だ。だって、全てにおいて俺が一番なんだから。

松雪……ユキアツだって。鶴子だってあなるだって、ぽっぽだって、もちろんめんまだって納得してる。みんなが、俺の後ろをついてきてた。小走りに、息をきらせてついてきた。

そう――あの日だって。

「じんたんってさー……めんまのこと、好きなんでしょ？」

きっかけは、あなるの一言だった。

「はぁあ？」

予想もしていなかった攻撃に、俺は面喰《めんくら》った。

それは、めちゃくちゃ美味《うま》い餌だったらしい。みんなが好き勝手に「知りたい！」

「めんまも、じんたんのこと好きなんじゃないか」むくむくと膨れあがっていく、浮ついた意地の悪い喜び。「バーカ」って怒鳴って、それですむと思ってたのに……。

「正直にいえよ。超平和バスターズに、隠しごとはなしだぞ」

ユキアツは、真顔で俺に迫ってきた。

「いーえ、いーえ……いーえい、いーえいおー♪」

あほうのぽっぽがけしかける声は、規則的に暑さを訴えつづける蝉の鳴き声とリンクした。めんまは、顔を赤くして「ええぇ！　そんな……」などと照れている。

リーダーである俺に、こいつらがこんな物言いをするなんて。

腹がたった。これじゃ、リーダーとしての面子《メンツ》がたたない。ぐちゃぐちゃの空気にトドメをさしたくて、俺は、思わず叫んでいた。

「だーれがっ、こんなブス!!」

言えの合唱が、ふっと、やんだ。

蝉の鳴き声はまだつづいてるのに……俺は大音量で叫びながらも、どこかで《しまった》って、ひやっこい気分を感じてた。

泣くって、思ったんだ。

めんまは、泣き虫だから。なのに。

「……へへ」

めんまは、笑ったんだ。ふにゃって、困ったように――。

なんで、笑うんだよ？

怒りのすみっこにかくれてた恥ずかしさが、急激にぐわっとこみあげてきて――俺は、走りだしていた。

「あっ……待って、じんたん！」

めんまは追いかけてくる。うざい、くんな、ますますはやしたてられんだろ、くんな。

めんまは、転びやがった。でも、俺は止まってやったりしなかった。めんまが言い出したことじゃないのに……めんまに、恥ずかしい思いをさせられたって。ムカつくって、そう思った。

めんまが、笑ったからだ。

俺は怒りではぐらかしたのに、しかもめんまをずたずたに傷つける形ではぐらかしたのに。

そうだ。俺は、自分が恥ずかしかった。

でも、それはうまく言葉に変換されずに、ただ、ひたすらに、泣きたかった――。

親父は一度家に戻ってから、おふくろの病院へ行ったのだろう。夕陽がぼんやり満ちる家のなか。ちゃぶ台の上には、みそラーメンの袋。ゆるく溶かれた玉子と刻まれたねぎが、ラーメンどんぶりの中にラップをかけられ置かれていた。セルフ夕食を押しつけてるわりには、細かく気をくばってくれているのが、親父らしい。

テレビをかけっぱなしにして、みそラーメンを作る。背後から、ですよ。のネタが響いてくる……あーい、とぅいまてぇーん。

ぼんやり、鍋《なべ》に玉子を沈めながら。俺は決めていた。

明日《あした》はいきなり、めんまに背後からとびかかって、首をホールドしよう。軽くよろけるだろうけど、その時は俺が、足をふんばる。めんまを転ばせはしない程度に、いやがらせして。

そして、こうおどけて叫ぶんだ。

「ごめんま！」

ニュアンスやら、手のあげかたなんかまで、シミュレートした。自分なりに、イカしたアイディアだと思った。

テレビから届く、ですよ。のギャグよりも面白いって。

でも、さんざん練習したそれを披露する場面は、訪れてくれなかった。謝れなかったんだ。

めんまが、死んでしまったから。


超平和バスターズ。

その名のとおり、ものの見事に平和をバスターしちまった俺達は、いつの間にか疎遠になった。

めんまのことがあったから？

いや、めんまのことがなくたって、俺達はもともとまったく違いすぎてたのかもしれない。趣味だって、好きな色だって、笑うタイミングだって、本当は違った。

ただ、子供だったから。その決定的な差に気づかずに……ただ、隣にいた。だから、離れた。それだけのこと。

「…………」

なにが「そろそろ、勘弁してくれよ」だ。

そりゃ、辛《つら》かった。めんまが消えてから……五年がたっても。ふとした瞬間にめんまを思って、胃の辺りがくうっと持ちあがっていくのを感じた。

でも、贖罪《しょくざい》は済んだなんて思っちゃいなかった。俺なんかのせいで、めんまは……って。トラウマなんぞに追いたてられなくても、あの頃の俺に責められなくても、ずっと、自分を壊してしまいたいような、そんな衝動にかられていた。

なのに、どうして俺は、めんまを見たんだろう。

じんたん。

甘ったるい声で、あいつにそう呼ばれていたあの頃。泣き虫のくせに、あいつはあのとき、笑った。

あの日、謝りたかったんだ……めんまに。そうだ。

俺は、めんまに、謝りたかったんだ。

「!!」

背筋に、痺《しび》れるような刺激が走った。いてもたってもいられなくなって、玄関にむかって走りだした。

靴を爪先にひっかけると、ちょうど扉が開いた。親父が仕事から帰ってきたところだった。

「あ、あれ。仁太、どこ行くの？」

「ちょっとそこまで！」

親父を突き飛ばす勢いで、俺は駆けだした――。

ちょっと、そこまで。


ぐんぐん、ぐんぐん、景色は変わっていった。

脳内で想像する俺の走りに、はやる気持ちに、実際の足が追いつかなくて。もつれて、転びそうになる。そんなときに、ふいと口についた。

「転ぶぐらいなら……飛んでやるっ！」

俺は、ずっと欲しかった。

ずっと、あの日の明日が――めんまに謝れる明日が、欲しかった。

そうだ。あの頃の俺が、今の俺に幻想を見させているのなら。それは責めるためじゃない。ちゃんと、めんまに謝るため。

ずっと、過去にとらわれて……なんとなく、すべてに無気力で。言い訳ばかりが頭をまわって、そんな俺に。思いきりでかい声で、ちゃんと「ごめんま！」を披露させるため。

だったら——このままじゃ！

「はぁ……ぅ、はあっ!!」

無味乾燥にライトアップされた橋を越える、夜の雫《しずく》に濡《ぬ》れた草むらを駆けのぼる。手入れされず無節操にのびた木の枝に、腕をひっかかれるのも構わずに……そして、顔をあげれば。

「!?」

そこには、秘密基地があった。使われなくなった小屋に、勝手に手をいれて。でも、もう誰も通う奴はいない。すっかり寂れて、崩れかけているはずだろうって。なのに。

窓からは、オレンジの明かりが見えた。

もしかして、めんまが？　あの頃と同じような笑顔で、あの頃のままと同じ秘密基地で、俺を待っている？

俺が、謝ってくるのを待っている？

「めんま！」

思わず叫んで、ドアをあけると――そこは、予想に反して見慣れぬ景色がひろがっていた。

床だけではなく壁にも貼られた、奇妙な模様のじゅうたん。天井には古ぼけた世界地図、辺りには本や食べかけのカップラーメンが散らばっている。

……誰かが、住んでるのか。俺達の秘密基地に。

もともとここの所有権なんてないのに、なぜかムッとして、足元に置かれたエロ本を蹴《け》りあげた。

その勢いに開かれたページで、ババアが真っ赤なスカーフのセーラー服を身につけてた。《制服熟女図鑑》の見出し。

「なんだこれ……マニアックすぎだろ」

「ばーか！　そのギャップにこそ、ロマンがあるんだろ！」

背後からの大声に、ぎくっと振りかえる。そこには、やたらでかい、アロハシャツを着た男が立っていた。

「あれぇー、じんたんじゃん？」

身構えるより先に、あまりにもあっさりと口にした……その、語尾が呆気《あっけ》ないほどすかっと抜けた声は。

「ぽっぽ……!?」

「つぇええ！　めんまの幻影なんて、えれぇイカチーじゃねぇの。やっぱかっけーな、じんたんはよぉ！」

……俺は、説明不足だったとは思っていない。トラウマと、夏の暑さが見せた、幻影でしかないはずのめんま。だが、ぽっぽは嬉々《きき》として「トラウマとか、えらいクールだよな。あ、俺も最近覚えたのあるぜ。共依存っての知ってる？」。

ぽっぽ……久川鉄道《ひさかわてつどう》。見た目はやたらと巨大になったが、中身のほうはたぶん、あの頃とまったく。

「かわってねぇな……」思わず呟《つぶや》いた俺に、

「ええっ。かなりの変化をとげたぜ俺、ジャングルクルーズ？」

ズボンの中に手をいれる。見たかない。

久川は、自身の《かなりの変化》も語りまくった。

すっかり久川仕様に変化したこの秘密基地……なんでも、高校には行かずに家を出て、バイトで生計をたててるらしい。

天井に飾られた、巨大な世界地図。学校の勉強なんかより、自分のこの目で世界を見てみたいと。なんだか偉そうなことを語りつつ、ふんぞり返って指差す天に。

「あの、赤く塗ってあるところが行ったとこ！　黄色いとこが、これから行こうと思ってるとこな！」赤は、ほんのちょっぴり。ベトナムの辺りに塗ってあった。

黄色の範囲は、めちゃくちゃ広い……ってか、北海道や四国まで塗ってある。まず国内から攻めたほうがいいんじゃねぇか、と思いつつ。

「でぇ。めんま、お願いがあるんだろ？」

驚いた拍子で、喋《しゃべ》りすぎたらしい……いや、久川が喋りやすい相手だというのもある。何しろアホ相手だ、どう思われようが関係ないから、脊髄《せきずい》反射で答えてしまったんだろう。

「なあ、それ叶《かな》えてほしくてきたんだよな、めんま？」

「いや、まあな。でも結局は、幻想……っつか、妄想っつか」

俺の言葉なんておかまいなしに、久川はにぱっ。笑った。

「だったらさあ！　みんなで叶えてやろうぜ、それ！」

「みんな……？」

「超平和バスターズに、決まってるじゃねぇか！　最近、ご無沙汰《ぶさた》してるしよぉ」

みんなと言えば、超平和バスターズ。

めんまと同じことを、鼻の穴をふくらませて語る久川に、俺はめんまに対してと同じ苛立《いらだ》ちを覚えた。だから、

「めんま、なんて……そんなの、信じるわきゃねーだろ」

「めんまに対してと同じように答えて、腰をあげた。「えっ？　もう帰っちまうの？夜はこれからなのによお」まだ喋りたそうな久川を適当にいなして、秘密基地を後にしようとし……柱に彫られた文字に、ふと目をやった。

「…………」

そこにはがじがじのガキの字で、《超平和バスターズ》と刻まれていた。

平和をバスターしちまった俺達の、墓標のようなそれ。

何かがむかっと胃からこみあげてくるようで、俺は思わず、視線を彼方《かなた》へ逃亡させた──。

# カレーの夜

芽衣子は、裸足《はだし》だった。

夜のアスファルトは、残暑の陽射しを確かにまとった名残を感じさせ、ほのかにぬるく、しっとりとひそやかだった。

その上を歩く、踏む、擦る。足の裏が軽く痛い気がするけれど、それは夢の中で頰っぺたをつねるのに似た、あいまいなものだった。

(めんま……今まで、どこにいたのかな)

あいまいな痛みに、芽衣子をとりまく時間の流れもあいまいになったようだ。なにも思い出せないくせに、あれからかなりの時間がたっていることだけは理解できるのだから。

芽衣子は思う。自分は、あのとき。ここからいなくなった、あの瞬間。

(……苦しかった、のかな?)

考えようとすると、キン、ガラスの破片を背筋にさしこまれたような、冷たく鋭い痛みが襲ってくる。

願いを、かなえてほしい。

それは、超平和バスターズのみんなでなくちゃ、かなえられない願い。

自分のおかれた状況を思えば、すべてが痛いのに。なぜかそれだけが、芽衣子にとっては《痛みのない》事実だった。

みんなで、あの頃のように、ひとつのことをして。

だけど、自分がそれに固執してしまったせいで。

(じんたんのこと……痛く、させちゃった)

去っていく仁太の背中が、離れない。

仁太は『あれからいろいろ大変だった』と言っていた。『あれからみんな、変わっちまったんだ』とも。

芽衣子は、それを否定したかった。超平和バスターズは、もちろん仁太も含めて、なにひとつ変わってはいないって。

それでも、《あれから》の一切があいまいな芽衣子に、断言できる資格はないことも……ぼんやりと、わかっていた。

（めんま、これから、どうしよう……）

「ぎゃはははは!!」

下品な笑い声が、芽衣子の逡巡《しゅんじゅん》を遮る。

（あれ……？）


「ぎゃははは！　マジで行ったんだ鳴子、宿海んち。えっらー」

「あー、もう。いい迷惑だよほんと！」

鳴子は、同じ高校の友人達と、駅前にたむろしていた。

どこに出かけるあてもないのだから、マクドナルドでもよかった。値は張るがファミレスでもいいはず。それでも、彼女達がなぜか駅前に集まって、しかもそのまま会話を続けるのは、自分達の武装を周りに見せつけたいからだった。

買ったばかりの、レースたっぷりのチューブトップ。ゆうべ塗ったばかりの、偽ターコイズを中指に埋めこんだネイル。

「アハハ……！」

自分の笑い声が、いつからこんなにボリュームが大きくなったのかを、鳴子はときどき不思議に感じる。

短いスカートを選ぶようになったのは、中二の秋から。こんなヒールをはくようになったのは、中三の夏から。

仁太について、鳴子は考える。入学式以来、本当に久しぶりの再会だったけれど、仁太は……。

（私のこと、どう思ったかな……？）

芽衣子のことがあり、超平和バスターズもばらばらになっていって。だんだんと、仁太の表情は変わっていった。暗い少年、一言でいえばそうだった。

この辺りでは、中学受験する子供も少ない。同じ中学に通う事になったというのに、廊下ですれちがっても、仁太は鳴子から顔をそむけるようになった。

鳴子は、仁太に自分を意識してほしかった。

メガネをとってみた、なにか言ってくれるかと思った。

言ってくれなかった。

スカート丈を短くしてみた。なにか言ってくれるかと思った。

言ってくれなかった。

一度だけ……中学三年の頃だろうか。通りすがりに、ぽつりと。仁太が呟《つぶや》いた事がある。

「……もろこしみてぇ」

その頃。鳴子は、薬局で買ったカラーリング剤で、初めて髪を染めてみた。放置時間を間違えて、髪の色が抜けすぎてしまったのだ。

でも、それでも。うれしかった。

「うっさいな!!」

去っていく、仁太の背中に。そう叫べることが、嬉《うれ》しかった。

「どうする？　そろそろ時間」

ふっと飛んだ鳴子の気分を、友人の声が引き戻す。

「あー、うん」

「今回のメンツ、ちょっとしょぼめだからさ。適当にきりあげよ」

これから鳴子達は、他校の男子生徒とカラオケに行く約束をしている。カラオケで合コン、駅前でお喋《しゃべ》り、お腹がすいたら百円マック。休みの日には特急電車で東京まで出てショッピング、地元では絶対に買わない、それはプライド。

田舎の高校生のルーチンな放課後を、彼女達は生真面目にこなしていた。

飲んでいたジュースの空き缶を、座っていたベンチの横に置いたまま去っていく。

それも、彼女達のルーチン。

「………」

鳴子も、同じようにそれを真似る。

片付け魔の鳴子にとって、苦行にも似た行為。ちょっとだけ、移動して。自販機の横のゴミ箱に捨てることができたなら。鳴子は、それがしたかった。でも、

「鳴子――？」

「あっ、ごめん。待って！」

空き缶を、放置して。いろんなものを、ちょっと片隅において。瞬間だけを大事にして、切り捨てたものを振りかえらずに。

鳴子は思う……いつか、そんな自分になれるのかな。そして。

そんな鳴子を、めんまが見ていた。

（あなる。ゴミ、ぽいってやった……）

芽衣子は軽く驚いていた。ゴミの放置を責めたいのではない。それは、自分が知っている鳴子の行動ではなかったからだ。

なにしろ几帳面《きちょうめん》で、整理整頓《せいとん》好き。芽衣子がうまい棒を食べていて、くずをぽろぽ

ろとこぼすと、横からどんどん拾ってくれた鳴子……。
（あなる……笑ってないみたいに、見える……）
グロスをたっぷりと塗った桃色の唇は、三角形。笑顔の口元だ。目尻《めじり》も下がってい
る……それでも、芽衣子の知っている笑顔ではない。
芽衣子は、鳴子達が去って行ったのを確認してから、置きっぱなしになっていた缶
をひろってみた。
そのまま、ぽいとゴミ箱にいれる。カラン、底にぶつかり甲高い音が鳴った——。

見慣れた柿の木が、夜風にざわついていた。
芽衣子は、自分の生まれ育った家までやってきていた。
なぜか、すぐにここに戻ってくる気分になれなかった。あいまいな芽衣子は、この
場所を懐かしくは思えなかった。なぜなら、昨日も帰ってきた場所のように感じるか
らだ。それは、とても怖いことのように感じられて仕方がなかった。
（どうしようかな……）
中に、入ってみようか。それでも、入ってみるという行為が怖かった。なぜ怖いか
もわからないのに。

またもうじうじと、裸足《はだし》の親指を知らず曲げたり伸ばしたり。そんな芽衣子の鼻孔を、ふわりとくすぐる香り……。

「……カレー!!」

思わず、芽衣子は声に出していた。

芽衣子の大好きなカレー。ホールコーンをミキサーで擦り潰《つぶ》したものがたっぷりと入っている、甘いカレー。弟の聡史《さとし》も大好物で、父親はそれにウスターソースをかけて……。

思い出されるたび、あいまいな時間を『懐かしい』と、ふと感じた。

その瞬間、芽衣子の手はドアノブにかけられていた——。

「こんばんはー……」

薄く開いたドアから、芽衣子はそうっと居間を覗《のぞ》きこんだ。

「!!」

びくっと、芽衣子の肩が震えた。

仁太、鳴子、知利子《ちりこ》、集《あつむ》……久しぶりという時間の中で、再会した彼らを見たとき。

芽衣子は、ただただ『うれしく』なった。

なのに。この居間にいる、自分の家族。

父親は、白髪がいっぱいに増えて。聡史は、ぐっと身長がのびて少年らしくなって。

母親は――……目尻に、くっきりと皺《しわ》が。

変化。誰だって変わる。仁太達だって変わった。なのに。

(あ……れ？　なんで……)

あきらかに、違う。ここは、自分の知っている《本間家》ではない。

まず、会話がない……父親は新聞に視線をおとしたまま。聡史は、ひたすらＤＳをしている。テーブルの上には、食べ終わったカレーの皿が放置されている……以前は、母親が「流しまで持って行ってね！」と明るい声をかけていた。

その母親は。芽衣子がここで暮らしていた頃にはなかった仏壇に、小さなカレーの皿をそなえていた。

鈴《りん》を鳴らして、手をあわせる――正座の足のかかとに、薄い素材の靴下が、しんなりとはりついている。

「…………」

芽衣子の動きが、止まった。

あの仏壇。知らない仏壇。それの意味するものに、気づいてしまった。だから……

近づけなかった。大好きだった母親に、近寄れなかった。

「……かーちゃんさ。いいかげん、カレーのとき。仏壇にそなえんの、やめれば」

（サー君……？）

ＤＳをしながら、母親とは目を合わせないように。聡史はぶつぶつと呟く。「そういうの、なんか目障り」

「そういうこと言わないの」

母親は、芽衣子の見たことがない表情筋の動きをしてみせた。

「お姉ちゃん、ぬけたところあるから」

凄《すさ》まじく最小限の、水面が風にわずかに揺れたような、笑みのような、泣き顔のような……。

「だから……お姉ちゃん。自分が死んじゃったこと、気づいてないかもしれないじゃない？」

母親の言葉に、芽衣子の体が、ぴくっと反応した。

そのはずみで、机にあたり——コップが床に、がしゃあんと落ちる。

「聡史。なにやってる、片付けなさい」

「え、俺知らないよ？」

背後で、聡史が父親に無実の罪をとがめられている。それをかばってあげたい、などと思う余裕もなく。芽衣子はぼんやりと呟《つぶや》いた。

「知ってるよ……」

知らないことは、あった。それは、この場所だ。この場所は、自分の知っている本間家ではない。だからこそ、悲しいぐらいに理解できる、真実。

「めんま、自分が死んじゃったことぐらい、知ってるよ」

外に出れば、夜風はさらに生暖かかった。

芽衣子は思う。自分は死んだ。たぶん、苦しかった……たぶん、日本脳炎の注射よりずっとずっと痛かったはずだ。

それでも、その記憶は無い。その無くした記憶を、無くした痛みを。自分のかわりに、母親が、家族が、きっと今まで引き受けてくれていたのだ。

（ごめんなさい……）

心で、小さく、呟いた。

きおくそのに

揺れる白。タオルクラゲは、きっと花。
あの可憐《かれん》な白を、小さな花を摘み取ったのは、誰だ？
さあ、みんなで懺悔《ざんげ》しよう。

# めんまのお願い

家に帰ってみても、めんまはいなかった。

あのまま、消えてしまったのだろうか……だとしたら、もう、過去の俺は、今の俺を許してくれたんだろうか。

いや。むしろ、俺をさらに苦しめようってんだろうな。

ずっと引っかかってた《ごめんま》を披露させてやろうと、わざわざめんまの幻影を見せてやったのに。

今の俺ときたら、どこまでも腑抜《ふぬ》けで、とことんヘタレで。

「仁太、お風呂《ふろ》の入浴剤どうする？　草津《くさつ》、網走《あばしり》ぃ？」

親父が呑気《のんき》に、風呂場から声をかけてくる。俺はいつものとおり「なんだっていい」と答える。

学校に行かなくなった俺を、責めもしない父親。あくまで普通に、飄々《ひょうひょう》と生活を続けてる……だけど、家に息子が居座り続けてる状況で《普通》を続けることは、かえって異常だってことに気づいてるんだろうか。

自分が風呂に入ったあとに、入浴剤なんて。その気の使い方というか、俺への思いやりというか……今は、重い。

風呂場から出てきてリラックスした親父は、ビールをグイッとあけるなどはせず、必ずコーヒーをいれる。

おふくろの仏壇にコーヒーをそなえて、自分もその前にあぐらをかいて、一緒にゆっくり、ちびちびと飲む。

「塔子《とうこ》さん。今日も、いっしょけんめ、いっしょけんめしたよ」

おふくろが、いつも口にしてた言葉だ。

もともと体が弱かったおふくろは、俺が小学校も高学年になってからはずっと病院にいた。そこから見える窓の外の景色が、どんどん季節の色に変わっていくのが嫌で、何か理由をつけては見舞いに行くのをすっぽかし続けた。

景色に取り残されたような病室で、景色よりはやく移り変わっていくおふくろの姿を、見たくなかったから……なのに。

おふくろより、めんまのほうが、先に死んじまうなんて。

あの日も。おふくろには、言わないでよそうって、親父に言われて。俺だって最初からそのつもりだった。

でも、小さな田舎町だ。噂はあっという間に病院にまで届き、おふくろの耳にもとっくに入ってた。おふくろは、

「仁太、いっしょけんめ、いっしょけんめよ」

何も聞かずに、それだけ言って。俺の頭を抱きしめてくれた。

あったかい胸と、一定のリズムを刻む心音で落ち着かせてくれる……赤ん坊の頃から、俺が泣きそうなときには、そうしてくれてた儀式。でも、その時のおふくろは胸もしぼんじまって、鎖骨のこつんって肌触りと、つんとくる薬品の匂いに……一回、じわって決壊したら。それきり、涙が止まらなくなった。

めんまに会いたい、会いたいって、薄い胸で泣いた。

「なんだよ、俺な……」思わず、呟いてた。せっかく会えたのにな。謝れる状況になったのにな。幻想でも、俺が作りだしたんだとしても、それでも謝れたのに。

親父が二階にあがっていっても、俺は風呂にも入らずに、ただぼうっと時間をやりすごしてた。

気づけば、テレビ画面には砂嵐が流れてた。電源を止めることもなく。俺はただ、じっとそいつを眺め続けてた……。

「じーんーたくん、あーそーぼ！」

がらがら声の、ファンシーな節回しに目覚める。

顔をあげれば、ぼんやりした朝の気配があたりに満ちてる……親父はもう、仕事に行ったらしい。のっそり起き上がると、肩甲骨のあたりがすこし、きしんだ。

「じーんたくん、あーそーぼ！」

聞き流そうとして、聞き流せない。しつこく同じリズムを刻むしわがれた声の、ああ……久川だ。

いやいや玄関に出ると、久川は朝からもう、フルスロットル。

「迎えにきたぜ、じんたん！」

「はぁ、迎えにって……」

「夕べさ、バイト先のラジオで《星に願いを》流れてて……やっぱ、願いは叶《かな》えないと駄目なんだよな！　俺、つるっと解脱した！」

「だから、それは無理だって……」

「あー、だいじょぶ！　もうみんな呼んであるから！」

「はぁ⁉」思わず語尾が裏返る。久川によれば、超平和バスターズの面子《メンツ》にはすでに《めんまが現れた過程》まで報告済みで、なおかつ、みんなは集まることを快諾したと。

「みんなよ、やっぱめんまのこととなると真剣よな。愛よな！」

「…………」非常に、疑わしい。

俺はパスするから、と言いかけてやっぱり、やめた。

「わかった……着替えてくるから、待ってて」

「おうっ。いつまでも待つぜ、相棒！」


シャツを羽織りながら。久川はどうせ、俺のトラウマやら幻想やらを、かなりの『ぽっぽフィルター』をかけて熱く語ったことだろう。ただでさえ痛い状況の俺は、さらに痛い奴として理解されたに違いない。

昨日の松雪の、俺を見下した視線がよぎる——これで待ち合わせに行かなかったら、きっとずっと、あの視線を俺は思い出し続けなきゃならないだろう。

とりあえず、一番マシな服で身を固めた。度の弱い眼鏡と、変装のつもりのニット帽に手をかけて……。

「……いいや」

これ以上、松雪に馬鹿にされたくない。いや、誰にも馬鹿にされたくなんてない。とことん変わっちまった俺でも、プライドぐらいは残ってるんだ。

それが、余計に状況を悪化させてることだって、わかっちゃいるけど。

# 神ポテト

（ともだち、ともだち……って、こういうのって宗教みたい）

流行歌が流れているマックで、知利子は溶けかけたバニラシェイクをストローで回していた。

流れる曲は《ともだち》を賛美し、いくつになっても、永遠に変わらない信頼関係をたからかに歌いあげている。この状況には、非常に苛立《いらだ》つ選曲だ。

しかし、知利子の目の前の集は、すました顔でホットコーヒーを飲んでいる。

「本当に、来ると思う？」

「さあな……」

集は携帯に目をおとす。鉄道からの連絡だ。

すっかり疎遠になって、もういつもつるむ友達ではなくなっていたのに。中三の夏に携帯を手に入れて浮かれた鉄道に、いきなり集はバックドロップされ、強制的にメールアドレスを交換させられた。それは知利子も同じだった。

本文に適切ではない絵文字がびっしりの、鉄道からのメール。

それは、仁太が芽衣子を見たというもの。

芽衣子が、仁太をとおして自分達に——超平和バスターズに、願いを叶えてほしいと頼んできているというもの。

そこで、仁太から直接、説明を聞いてほしいと。昼下がりのマクドナルドに集まることになったのだ。

「……これ。宿海、本気なのかしら」

「本気だろ。こないだのあれ、めんまめんま叫んで全力ダッシュ」

「ちょっと、ヤバいわよね……目つきとかも、なんか変わっちゃってる気がしたし。それなのに、こんな風に集まったりするのって……どうなのかしら」

「いいじゃん、ちゃんと聞いてやろうぜ。たった五年でさ、あそこまで人間変わるって、笑えねえ？」

「そんな趣味ないの」

「俺は笑える」

コーヒーを口に運びながら。この底意地の悪い友人の《底の底》を覗《のぞ》こうと、知利子はじっと目を細めた。

「楽しいなぁ」

からかった口調だが、瞳《ひとみ》は、真剣で。口元だけは歪《ゆが》ませて……本当にタチが悪いと思う。そう、あの日から。集の《笑顔のようなもの》を、知利子はずっと見せつけられてきた。

(うまく笑えないなら、無理に笑おうとしなきゃいいのに)

ガーッと、入口の扉が開く。「いらっしゃいませぇ」店員の、ちょっと鼻にかかったアニメ声。そして、

「…………」

(ああ……あそこにも、笑っていない顔が)

「お、あれ……」

「安城さん、でしょ」

店に入ってきた鳴子は、こちらをちらりと見て、挨拶《あいさつ》もせずにまずレジへと向かう。何かを注文しながらも、背中の神経は、ぴんとはりめぐらせているのがわかる。

そして、コーラとポテトを手にすると、ぎりぎりまで表情のレベルを下げてこちらへやってきた。

「……どうも」

ポツリ、呟《つぶや》いて。知利子の、一つとなりの席へと腰掛ける。

「……一瞬、わからなかった。変わったなお前」

集の偽物の笑顔に、鳴子は正しくむすっとして見せた。

「それって、どういう意味」

「そのまんまの意味だよ」

鳴子は、視線をそらし……そのまま、店内をぐるり、見まわす。その視線はあきらかに、《彼》を探している。

「学校、いつから行ってないんだ？　あいつ」

「……どうして、そんなこと。私に聞くわけ」

「お前に聞くの、普通じゃない？　同じ高校なんだし」

「…………」

「フォローしてやれば？　幾つになっても、ともだちだろ？」

ニッと笑う集に、知利子は（なんだ）と思った。やっぱり、店内に流れている流行歌を、彼も気にしていたのだ。

そして……鳴子は、コーラをすすりつつ思っていた。

(なんて、嫌な奴らなんだろう)

五年なんて、ありえないほどの長い年月。久しぶりにこうして接触した二人は、進学校の制服をそのまま人柄に映しだしたような、嫌みな奴らだった。それでも……こうして一緒にいて、違和感がない。

同じクラスの、いつも会話している友人達といる時よりも、表情やしぐさを《作らなくて》すむのだ。

なぜだろう。それこそが、違和感だ。居心地の悪さだ。

(宿海……ほんと、来るつもりなのかな)

鉄道から、届いたメール。それを鳴子は、新しい友人達とだらついている時に受信した。

なぜか——泣きそうに、なった。

(ほんとに……来なきゃ、いいのに)

ポテトを、一つ。口に運ぶ。

マックのポテトを頼むと、何十本の中に一本か二本、すさまじくおいしい《神ポテト》が入っていることがある。外側はからりとしているのに、中がとろりとして、食べたことはないが、高級フランス料理店のフライドポテトの味がする。

あとはたいてい、パサついていて、まあ普通にかりっとしていて、それはそれでおいしい。でも、神ポテトに出会った時の喜びは格別だ。ときには、一本も入っていないことだってあるのだから。

鳴子が何気なく手にしたそれは、神ポテトだった。しかし、

(……ん)

今日の鳴子には、その喜びを享受することができなかった。せっかくの神ポテトなのに……。

久しぶりに集まった、三人。あっという間に無言の時が訪れて。そして——。

三人の中に、あの日が、よみがえっていた。


「じんたんってさー……めんまのこと、好きなんでしょ?」

「正直にいえよ。超平和バスターズに、隠しごとはなしだぞ」

「だーれがっ、こんなブス!!」

何度も何度もよみがえりすぎて、実際は、擦り切れかけていた。その、擦り切れた部分に、それぞれの気分が乗っていた。

ただ——仁太に『ブス』と言われ、ふにゃっと笑った。その芽衣子の笑顔だけは、三人の脳内で、ほぼ共通していた。

この五年、忘れたことなんてなかった。

いつだって気をぬけば、あの日がよみがえっていた。

そのたびに、息ができなくなって。どこかが絞られるように、ぎゅっとなって。

だから、わざわざ記憶を呼び戻さなくとも……なのに、どうして。


彼は、《わざわざ》をさらけ出そうとするのだろう？


「よすよす、よーす！」

自動ドアの開く音とともに、大声。誰がやってきたかなんて、わかる。そしてきっと、鉄道の隣には彼も一緒に……。

三人は、彼を見るのに、ちょっとだけ躊躇《ためら》った。顔をあげる速度が、スローになる。

その《それぞれの理由》は、共通してはいなかった。


——俺がサンダルの足を踏み入れると、店の片隅、超平和バスターズはすでに集まっていた。

昨日、いやな「久しぶり」をしてしまった松雪と安城、そして鶴見が顔を突きあわせているが……会話はないようだ。

「よすよす、よーす！」久川の空気を読めない挨拶に、おっくうそうに顔をちらりとあげる。

「バイトあんだけど、『私』安城は、MAXでご機嫌ななめ。

しかし、松雪は。どこか機嫌のいい……ってより、笑いをこらえたような声音で口にした。

「めんま探してるんだってな？　せっかくお前んとこ来たのに、行方不明になったんだって？」

「あ……」声が出なかった。

鶴見は、横目で松雪を睨《にら》む。安城は、ゴテゴテとよくわからない飾りがくっついた爪をいじっている……やっぱり、明らかに、久川情報『真剣よな、愛よな』とは乖離《かいり》している。

「お、あなる。ポテトたのんでんの？」

退屈そうにしていた安城が、初めて、キッと顔をあげた。

「その呼び名、やめて!」

「いいじゃん、あなるはあなるなんだしよ!」

久川の発言は、どこまでもめんまの意見とリンクする。

「ひさびさなんだしよー。俺にもくれよ、塩キッツイとこ!」

久川の馬鹿声を無視し、松雪は軽く前のめりになった。

「それよりさ。はやく、本題に入ろうぜ……宿海。めんまが、お願い叶《かな》えろって言ってんだろ?」

「あっ……」

「やめなさいよ、松雪。悪趣味だわ」

「いいじゃないか、俺も手伝うよ。叶えようぜ、めんまのお願い……そしたら、お前のとこ。帰ってくるかもしれないしな?」

そこで、気づいた。

松雪は、どこまでも軽い口調だけど……目は、笑ってなかった。じっと、俺の行動の裏を見ようとするように。

「い、いや……だから。それは、俺の幻想ってか……だから」

「だから、いいって言ってんだよ。それは気にしなくて」

どうして、気にしなくていいんだ？　ただのヒキコモリの世迷いごとだぞ？　なんでそんなに、しつこく迫ってくる？

答えを考えている暇もなかった。

「おっしゃ！　じゃあまずは、願いごと探しだな！」

久川と松雪は、ああでもないこうでもないと相談をはじめる。めんまは、ですよ。のサイン欲しがってた、ボーボボの財布『全プレ』なのに外れてた、ポケモンのディアルガ仲間にしたがってた……おっ、そうだよそうだよ、ああ懐かしい、なんて。やたらと楽しそうに。

それは、男連中だけだ。安城はいじっていた爪を、今度は軽く噛《か》みだした。子供の頃からの、こいつの癖。ネイルアートがはげるのもかまわずに、明らかにイライラしてる。鶴見はじっと視線を伏せたままだ。

俺はたぶん……口を、一センチは開けて。松雪と久川によって、どんどん『めんまの願い』がクリアーになっていくのを眺めているしかなかった。

「じゃあ、宿海はポケモンな」

「！　えっ……」突然、振られて。ガードが緩みまくりの、空白を無残にさらけ出してしまった俺に、

「……家、出るの。怖いだろ？」

松雪は、あきらかに悪意のある笑みを見せた。

その冷たいすっと通った鼻筋に……苛立《いらだ》つのも、怒りも忘れて。ただ、イケメンだ、と思った。

「安城、ゲーム屋でバイトしてんだよな。安い値段で、融通してやって。ポケモン……ダイヤモンドだよな、確か」

「っ……ど、どうして私が⁉」

「俺と鶴見は、オークションでも調べて、ボーボボの全プレ探し。久川は……そうだな。ですよ。から、なんとかサイン貰《もら》えるように頑張ってくれ。お近づきになれるように」

「ええっ、俺、ですよ。担当⁉」

「そんな、勝手に」言いかけた鶴見に、松雪はわざとおどけて。

「けってーい」

そして……薄い唇を、眉月《びげつ》の形に歪《ゆが》ませた。

「超平和バスターズ、再結成だ」

久川に促され、俺達は、無理やりなメアド交換をした。

俺と久川以外のアドレスは、みんな変わってた――。


……そして、俺は。


「……も–、なんだって……ああ、これじゃない」

行きがかり上、中古ゲームショップの倉庫で、ポケモンを探す安城の背中を見つめている。

ケッ、でけぇな。ずいぶんと成長したもんだ。

えらく短いスカートだ。これじゃ何されたって文句言えないだろう、と思う。まあ、こんな女。口開いて喋《しゃべ》らせてみたら、ナニする気も萎《な》えるだろうけど……。

やっとのことでポケモンを見つけた安城は、それを几帳面《きちょうめん》にビニール袋にいれ、俺に差し出してきた。

「はい。払ってよ、四千八百円」

「四千って……定価と変わらねぇじゃないかよ」

「あんたね、五年前のソフトよ？　逆にプレミアついてんの」

仕方なく金を渡し、ビニールの袋に入ったそれをしぶしぶ引き取ろうとする……と。

安城は手の力をぬかずに、俺を睨みつけた。

「どういうつもり？」

「は？」

「死んだ子で、遊ぶなんて。最低」

ぱっ。安城はビニールから手を離す。俺のもとに飛び込んできたポケモン、安城は大股《おおまた》で去っていく……。

死んだ子で、遊ぶなんて？

「待てよ！」

俺は思わず、安城の背中に叫んでいた。

「誰が、めんまで遊んでるって？　ふざけるなよ！」

自分でもびっくりするぐらい、でかい声がでた。安城はぴたり、足を止めて、こちらに突進してきそうな勢いで振りかえる。

「ふざけてんのは、あんたでしょ！　死んだ子の名前、平気で口にするなんて……」

「その、死んだ子って言い方やめろ！」

「私が！」今度は、安城がでかい声をだした。その瞳《ひとみ》には、いつの間にかいっぱいの涙をためて。

「私が、あんなこと言ったから……だから！」

ぐいっ。涙を手の甲でぬぐうと、ひじきみたいにマスカラが太く濃く塗りたくられた睫毛《まつげ》から、黒がにじんだ。

「だから、めんまは……死んだ……子に、なった」

「…………」

言葉が……でなかった。

そんなことない、それは俺の台詞《せりふ》だ……って、言うべきだった。なのに、俺と同じことを、安城が思っていたことに。あれから数年分の、安城の感情がぐおっと流れ込んできたようで、ただただ、二人分の重さに足が固まって。

去っていく安城の、安っぽいヒールの音色を聴きながら。もしかして……めんまは、俺のとこじゃなく。安城のとこに来たって、おかしくなかったのかもしれない。そう思った。

暗闇の中に、ゲーム機のぼんやりした灯《あか》り。

窓の外からかすかに響いてくる、カエルの鳴き声にあわせて。ひたすら、ボタンを連打する。

いけ、ぴかちゅう。

俺は、何をしてるんだ……ポケモンしてるんだ。

愛嬌《あいきょう》のある、丸い瞳の敵。攻撃を続けてぎりぎりまで弱らせてから、モンスターボールを投げつけて仲間にする。

どんな気持ちでいるんだろうな、こいつら。

思いきりボコなぐりされたと思ったら、友達になろうって甘い言葉で誘われて、その上で狭くて真っ暗な中に閉じ込められて。

バッグん中に詰めこまれて、持ち運ばれて。で、いきなり「いけ！」なんて言って、血縁者と戦わされて……そんな非道な指令をしてくるプレイヤーを、仲間だって、友達だって思えるんだろうか。意味がわからない。

そもそも、友達ってなんだ？

あの頃、超平和バスターズは、確かに友達だった。

互いをあだ名で呼びあって、陽が暮れるまで駆けずりまわって、どこまでも正統派の友達だった。

リーダーは俺だった。みんな、俺の後をついてきた。

俺のアイディアには、みんなが頷《うなず》いた……本当は、嫌だったのかもしれないな。俺なんかの言うこと聞くの。

めんま。

安城だって、今も泣けるぐらいめんまのことを思ってるんだ……きっと、謝りたいと思ってるはずだ。

それでも、俺のもとだけに、めんまが来たのは。

俺だけが、あの頃に——リーダー面して、みんなを連れ回してたあの頃に。未練たっぷりだから、なのかもしれない。

ゲーム画面の中で。ぴかちゅうは、100万ボルトを敵に命中させ、ビリビリに痺《しび》れさせた。こうかはばつぐんだ。

俺は、軽く躊躇《ちゅうちょ》したけれど……モンスターボールを投げつけた。敵は、それを軽く、はじいた。

# 芽衣子の夜

芽衣子が帰ってきてから、二度目の夜。

ひっそりと静まる《めんま》が、暗闇から、じっとこちらを見ていた。その瞳は、闇よりもさらに暗く。その虚《うつ》ろな空間には、こちらが思う《すべてのめんま》の感情が漂っていた。

自分のことを忘れられることを、《めんま》は拒否していた。声にはならない声で。《めんま》はいつだって、人に何かを押しつけない。どんなに強く、どんなに強烈に願っていようとも。

だから、お願いなんて嘘なのだ。

《めんま》は、訴えていた。嘘つきの存在を、消してくれと。陽の下に、その正体を暴いてくれと。

でも、それすらも声にはしなかった。

こちらが判断してやるしかないのだ、《めんま》はそういう少女だから。お願いを、強要なんてできない。

そういう少女だからこそ……。

いつまでも、ここでこうして。消えることなく、こちらを見つめつづける。時がってもなお、自らの輪郭を濃くしていく。

どんどん、《めんま》は、育っていく。

そして――。

芽衣子は、夜風に長い髪をなびかせていた。

どこかで、カエルが鳴いている。

「げこげこ……」

カエルの声を真似してみる。しかし、実際に「げこげこ」なんて鳴いてはいない。

もっと、楽器的な……ただそこにある音のような、声。

いつから、カエルの声は「げこげこ」だと思ったのだろう？

（疲れちゃったな……）

言ってはみたものの、本当に疲れているのかはわからない。

芽衣子は、今日の一日を。ぶらぶらと歩いたり、休んだり、していた。お腹が空《す》いた気がしたけれど、それもよくわからなかった。

時間がただただ、過ぎていく。

朝のブルーが、昼の白に、青に変わって、そして赤く染まり、また夜のブルーに……黒に変わっていって。

その色の変化を、芽衣子はさまざまな場所で見つめた。

さまざまな場所には、芽衣子の知っているものがたくさんあった。それでも、《よく知っているもの》はなかった。すべてが、ほんの少し意味あいを変えていたから。

「みんなに……会いたい、な」

芽衣子は呟《つぶや》き……その呟きが、必死にこらえていた涙を、奥から無理やりに押しだした。

家族には、もう、会えない。怖くて……遠くて、近づけない。仁太達と会ったときには、恐怖なんて感じなかったのに。

忘れてほしいと思った、家族に、自分のことを。でも、忘れられたくないと思った。

超平和バスターズのみんなには……。

その気持ちだけは。《めんま》も芽衣子も、同じだった。

# ごめんま

「う………げ、ゲットだ、ぜ………!!」

部屋の中は、相変わらず暗く、時計の秒針が動く音ぐらいしか聞こえない……でも、もうほぼ、一日。

朝も、昼も、夜も。ろくすっぽ飯も食わず、二十三時間経過。

俺はなんとか、ディアルガを手に入れた。なんとか。大人の知恵もずるい手も時代の進化も、全てを使って、なんとか。

でもまあ、ゲームを連続してプレイすること自体はほとんど苦じゃなかった。ここんとこ、ずっとそんな毎日を送ってきたから。その点でも、俺をポケモン担当にした松雪のジャッジは正しかった……と思う。

とりあえず、久川にメールを送ることにした。松雪に必ず報告、なんて義務はどこにもない。あいつはリーダーじゃないんだから。

『ディアルガ捕獲完了』

それだけ書いて送信して、なんか食うか……ロールパンがあったよな、戸棚に確か……なんて、ちょっとの、ほんの少しの思いを巡らせていると。

「……ん？」すぐさま、メールの着信音が鳴った。

親父とメールのやりとりなんて、ほとんどしない。友達から、なんてなおさら。なので、すぐにはなんの着信かわからなかった。

久川の名前。開いてみると……。

『めんま発見。捕獲は失敗』

……一瞬、ぼんやりと、何かの記号に見えた。

一息ついて、もう一度見て。思わず、声にだして。

「めんま――……発見⁉」

叫んだ俺の首に……がくんっ。衝撃があり、上半身が大きく揺れた。咄嗟《とっさ》に息をつめると、

「なになに、めんまのことゆった⁉」

「‼」

甘ったるい、声に。ゆっくり……今の状況で感じられるもの全てを、確認する。

俺の首に抱きついた、白く細い腕。耳元に感じる、暖かな少し乳じみた香り……。

「あ……ぁ、あ……」

それ以上は、動けなかった。

驚きよりも嬉《うれ》しさ、嬉しさよりも……なんだろう、鼻の奥がツンとする。振りかえったら、泣きだしてしまいそうだ。

一昨日《おととい》の再会は唐突すぎて、状況を受けとめて咀嚼《そしゃく》することなんてできなかった。時間があって、経過があって、整頓《せいとん》があって……異常事態ではあっても、それなりに、なんとか受け入れることができるようにはなった気がする。

めんまとの、きちんとした再会を……俺は、今。ここで。

「ねーねー、じんたん？」

左頬に、めんまの視線を感じる。きょとんと小首をかしげて、海を透かすビー玉の瞳《ひとみ》の、その色あいまで感じられる。

ずっと俺が、やりたかったこと。何度もシミュレートしてたこと。そうだよ――……

…まずは、それからで。

「じんたーん？　聞こえてますかぁ………きゃっ！」

俺は、めんまの腕を振りきって、向かいあわせに正座するような体勢をとった。

そしておもむろに、右手をびしっとあげた。

「へ？」めんまはきょとんとしている。その愛らしい顔がちらっと視界に入り、胸がどきんと高鳴る。でも、このまま行く。止まるワケにはいかない。そのまま、右手を額まで下ろして。

あの、何度もくりかえした『ごめんま』の手を……！

「ご……ごっ、ごっごっ……ごめっ!!」

今、まさに。積年の思いのつまった『ごめんま』を披露するとき――!!

「あーい、とぅいまてぇーん！」

「……え」

動きが、止まる。俺の積年の……途中のごめんまをバッツリ遮って、めんまはきゃっきゃっと笑った。

「ですよ。の手、間違ってま・す・YO！　その手ね、口んとこまで持ってくるんだよ。んでね、あわわってやるんだよじんたん、あわわって！」

めんまは、ですよ。を何度も何度も、実演してくれた。ですよ。にも勝てると思ってた、俺の『ごめんま』だが……。

「やはり……ですよ。に、負けたか」

「えぇー？」

謝罪は失敗。それでも、めんまの笑顔が……胸に、やたらとポカポカあったかくて。

「あああああッ!?」

めんまは、コタツの上に置かれたポケモンに気がついた。

「ディアルガだよぉお!?　すっごいすっごい、どうしたのこれ、じんたんっ!!」

目を輝かせて、叫ぶめんま――。

ディアルガが、いるのに。めんまも、いる。

願いは、違ったってことなんだろう。まあ、そりゃそうだ。めんまと相談もせずに、勝手にこちらが押しつけた願いなんだ。

めんまは、ポケモンをまじまじと見つめている。「ここっ。肩のとこ、でっぱってるんだね。かっこいい！」興奮して、一人でべらべらと語り続けながら。

幻想、かもしれない。でも、ここにいるめんまは、俺の知っているめんまだ。ディアルガに、無邪気に喜ぶめんまだ。だったら。

俺は、ぼそっと口にしていた。

「願い……叶《かな》えてやるからさ、絶対」

「んー？　ちっちゃい声、なんて？　もっかい言って？」

「……嫌ですYO」

# 何かがデルタ

ベッドで眠るめんまの、ある規則をもってくりかえされる寝息。安モンのソファの固い感触、肌にぺったり張りつく違和感に何度もごろごろ寝がえりをうちつつ、めんまの耳裏をチラ見しながら、なんつー精密さリアリティ、いくら幻覚といえどもここまでのハイクオリティ、俺ってフィギュアの造形師になれるんじゃないか……なんて夢うつつ。

そして時折押し寄せてくる、女子と同じ部屋に二人きりというこのすさまじい状況の理解、幻覚なんだったらちょっとぐらいさわってもいいんじゃねぇか、犯罪にはならないよな、いやお前！　めんまに妙な考え持つんじゃねぇぞ！　ざけんな持ってるのはお前だろってか俺だろ……などと不毛な自分内争い。合皮のソファは汗にねばつき、ああ遠くから晩夏の虫の鳴き声、めんまの寝息……やばいリアルだ、などと。暑く熱い一夜が過ぎていき。

「じんたん、おっはよーう！」

「う……がッ!?」やっとこさ眠りにつけた俺の腹の上に、無遠慮にのしかかってくる――めんま。

「いい天気だよ！　今日のはじまりはじまりぃ、だね？」

「あ……」

朝の陽ざしを背負って、ふにゃっと笑う。その邪気のない眩《まぶ》しさに、寝ぼけた脳が揺さぶられる。

こいつは、俺が作り上げた幻影、幻覚。そんなふざけた現実も、一回、距離を取ってみたからだろうか。どこか抵抗がない。

そりゃ、まったくないと言えば嘘になる。でも、こうしてめんまが隣にいることに。

不気味なものは感じなくなった。

だって、やっぱ……可愛いし。

「……う」

「あれぇ？　どうしたのじんたん、かおぶさいく」

「！　ぶ、不細工ってな……!!」

ピンポンピンポン、ピンポーン。

その時。接触の悪い、壊れてるはずのインターホンが、やたら陽気な調子のいい音色をたてた。

「あれー、お客さん？」

やたら陽気な……まるで、誰かさんみたいな。

「……そうだ！」

ハッと思いだす。昨夜届いた、久川からのメール。携帯を開き、再度確認する……

そこに書かれているのは。

「なになにぃ……ええっ⁉」

めんまが横から、携帯を覗《のぞ》きこんできた。

「うわっ！」身構え、思わず隠そうとするが、間にあわなかった。めんまはキラキラと瞳を輝かせ、

「すごいっ！　すごいよ、じんたん！」

「えっ？　すごいって、お前……」

「自分の携帯もってるんだね！　すごいっ、大人みたい‼」

……そっちかよ。

メールの内容までは、見えてなかったみたいだが。もしかして、こいつ。ここに戻ってくる前に……。

「なあ、めんま……」

「んー？」

「お前……久川んとこ、行ったりしたのか？」

すると、キラキラキラキラッ。携帯発見時よりも軽く五割は増量した輝きで、

「え？ 久川って、ぽっぽ!? わあっ……ぽっぽに会ってないよまだめんま!!」

「うっ……」余計なことを言った、かも、しれない。

「ねーえ、じんたん！ ぽっぽんとこ行きたい、行きたい！」

行きたい行きたい行きたい。何度もせがまれ、何度も腕をぶんぶん振られ……。

「……わかったよ」

「うわぁあああーーーいッ！」

無邪気に喜ぶめんまを横目に、俺は胃のあたりにもやもやするものを感じていた。

めんま発見って、どういうことだ？

久川も、めんまの幻覚を見た？

……まあ、不思議はないんだよな。不思議だけど。だって、俺のもとにもめんまが

いる。で、こいつはたぶん、きっと幻覚。

だったら、俺以外の奴がめんまを作りだしてたって、別におかしかない。いや、十分すぎるほどおかしいんだけど。

でも、だけど……。

ピンポンピンポン、ピンポーン！

「あっ、まだお客さん！」

チャイムが騒々しく鳴らされていたことを、すっかり忘れていた。普段なら、客が来たってそうそう玄関にはでたりしない。それでも、気持ちがうわずっていたせいか、慌てて階段を駆けおりて引き戸を開くと……。

「ギャハハハハ……！」

ガキが、遠ざかっていくのが見えた。

やられた……ピンポンダッシュ、ってやつか。

「…………」

妙な感覚におそわれる。

じわじわ近く遠く響く蟬の声に、去っていくガキの笑い声。強い日射しに白く弾けるアスファルト……。

「わー、悪い子たちいるねぇ」

気づけば、めんまがすぐ後ろに来ていた。

去っていくガキの、あの頃の俺達みたいなガキの、その背中。そんでもって。

隣にいるのは、少し成長しためんま。

「ん？　どうしたの、じんたん？」

「いや……別に」

なんとなく、鼻の奥がツンとして。

俺はめんまから、視線をそらした——。

「……んでもってよ！　俺のしょんべんが、奇跡のアールを描いたんだよな。そんとき、デルタだったたんだよ。何かがデルタ！」

秘密基地についたとたん、久川は興奮して、両手をひろげて解説しまくった。その表情に嘘はない、が、いかんせん軽い。体は明らかに重いだろうに……そして。

「ぽっぽ!?　うそうそ、これぽっぽー!?」

久川が興奮なら、めんまは大興奮だ。

「お前……ほんとなのかよ、めんま見たって」

「あったりまえだろ！　俺もだいぶトラウマだったみてぇだな、あーイカつくなっちまったもんだぜ。俺ッ！」

「イカツイ、イカツイ！」

めんまは《イカツイ》というワードが気に入ったのか、何度も口にし、久川に捧《ささ》げてやっている。それでも久川はめんまを無視し、というより感知せずに。イラッとくるドヤ顔を見せた。

「でっさ。俺、すげぇこと考えちまったんだけど。聞きたい？」

「いや……別に」

「きくきく、いっぱいきくー！」

「あー、うそうそ！　聞いてよ、小銭やるから!!」

「えー、百円ほしいめんま！」

この、俺にしかめんまが見えない会話形式を、スムーズに進行させるにはかなりの修行が必要そうだ。

「で、なんだよ？　すげぇことって……」

「おうっ。こいつだよ、こいつ!!」

言い放つと、バッ。久川は俺の鼻先に、へたくそな絵のついたチラシを突きつけてきた。

「え……夏の終わりに、みんなでめんまを探そうの会……？」

「わあぁっ。めんま、探されちゃうの!?」

そこには『納涼をして、バーベキューをして、めんまのお願いを考えるため、おおいに語りあいましょう。※材料は各自持参のこと！』へったくそな字と、前衛的な挿し絵があった。

「めんまと納涼とバーベキュー……まったく、組み合わせと趣旨がわかんねーんだけど」

「いいじゃん！　そーいう細かいことはよ……な、盛りあがるだろ。楽しそうじゃねぇか？」

「たのしそー！　めんまも、めんま見たーいっ！」

めんまは嬉《うれ》しそうに、久川のまわりを飛び跳ねている。

「つったって……みんな、こんなん来るはず」

「来るだろ！　マック来たしよ、あいつら！」

う……と、言葉につまる。確かに、来てた。

あいつら、よっぽど暇なのか？　それとも本当に、めんまがいるなんて信じてるのか？

　安城、は。完全に、信じてない……みたいだったけど。

「ほら俺、ですよ。担当じゃん？　でも、お近づきになるのはけっこー大変そうだからさ。もしお願いが、ですよ。のサインだったら……めんまに会って、めんまに頼んで、ちっとんべお願い変えてもらうとかさ！」

　べらべらと喋《しゃべ》り続ける久川に、いちいち「ですよ⁉」「うわあああっ」などとあいの手を挟んでやるめんま。

　なんつうか……振り回されてるな、俺。


「夜がたのしみだねっ、じんたん！」

　帰り道のめんまはご機嫌だった。道端の小石を意味なく蹴飛《けと》ばして、蹴飛ばし続けてみたり。

「誰も、行くって言ってねーだろ！」

「……じゃあ、行くって言って！」

「はぁ？」

「あ、これ。めんまが叶《かな》えてほしいお願いかもしれないよ？　めんま、めんまのこと見たいって思ってたのかも！」

「……お前、ずいぶん都合よく使ってないか。お願いってやつ」

めんまは、「んー？」と顔をかしげてみせる。しらばっくれてやがる……くそ、むかつく。

なんて、可愛い顔してんだこいつ。

俺は自分の、造形師としての潜在能力を恨んだ。もっと不細工に幻覚してりゃあ、こんなに振り回されることも……。

「……いや、あったか」

「んー？」

「いや、別に」

「ねーねー、じんたんって《いやべつに》ってよくゆうよね？　いやべつに星人？」

「…………」

「あーねえっ。バーベキュー、なにもってく？　めんま、バイエルンがいいの。バイエルン！」

ハイテンションで喋りまくる、けして可愛くなくても《俺を振り回すことのできるめんま》に、小さな抵抗のつもりで呟《つぶや》く。

「……俺は、シャウエッセンのがいい」

「えええー!?」

# BBQ

「ヨーソロー！　ようこそ魅惑のチキルームへ‼」

濃い闇に染まる木々の下に、バーベキューコンロの煙がもくもくとあがっている。うちわを手に、タオルを頭に巻いた久川。安城と鶴見も、すでにやって来ていた。こんなに集まりがいいなんて、本当に謎だ。こいつら友達いないんじゃないのか、なんて。自分を顧みずに心配してしまう。

「へっへ。ちゃんと用意してあるぜ、コンロ！　営業所のおっちゃんから貸してもらったんだ」

「焼くもんは？　俺、バイエルンだけは持って来たけど……」

「私、蠟燭《ろうそく》」

「へ？」

「だから、蠟燭」

鶴見は、こじゃれたショップの袋を突きだしてきた。どっしりとしたその重量。中には、宣言どおりにアロマキャンドルがわんさと入っている。

「めんま、呼びだすんでしょ？　怪談的な小道具が必要かと思って」

「あ、ああ……で、バーベキューの材料は？」

「私、夜はあまり食べないから。気にしないで」

あまりにもなマイペース。まあ、鶴見は……昔からそういうきらいはあった。だが、ここまで重症だったか？

「おいおーい。鶴子さん、自分のことしか考えてないぜぇ～。我儘《わがまま》な女って、俺的にかなりきちゃうぜおーい！」

「……アホか」

「あ、えっと。私は……食べ物は、みんなが持って来るだろうと思って……誰かと、かぶっちゃうとやだから」

安城は、どこか照れたようにスーパーのビニール袋を。開いてみれば、お徳用パックの安売りになった花火。

「えっ、なんだこれ……？」

「花火って、子供じゃないんだから」

「せいせいせい、へいせーい！　落ちつけって、まあこれでも食ってりゃ腹もふくれるだろ！」

「な、なによッ⁉」

しんがりの久川は、コンロの脇に置いてあった鍋《なべ》の蓋《ふた》をあけた。そこには、どろどろの液体がたぷたぷとたゆたっている。

「キールっつってさー、牛乳で甘く米炊いたやつ！」

液体を覗《のぞ》きこんだめんまは、ぱあっと瞳《ひとみ》を輝かせる。

「わー、げろみたい！」

「……食欲なくすこと言うな」

思わずめんまにツッコむと、「え？」と安城が怪訝《けげん》そうにこちらを見た。俺は慌てて、視線をそらす。

「結局……これも、バーベキューじゃないわよね」

「だったらこいつ、お好みっぽく焼いてみっか？」

「……私、バイエルンだけでいい」

そして。『めんまを探そうの会』は、ぼちぼちと開始。

安城は、バイエルンに切れ目をいれている。

鶴見は木々の間に蠟燭をランダムに置いて、火をつけて。久川は、コンロの炎を調整している。

ほとんど、会話はない。ときおり久川が「そっちどうだ、調子は！」なんて声をかけるぐらいだ。それでも、妙な賑《にぎ》やかさがある。

——めんまだ。

さっきからめんまは、みんなの間を走り回っている。「バイエルン、カニさんにして！」「ぽっぽ、火ぼーぼーだよ！　ぼーぼーの、ボーボボ!!」

その賑やかさが、久しぶりに同じ行動をとる俺達の、ちょっとした違和感をうめてくれる。

どこか無理のある、むなしさのある、賑やかさ。

だって、この一体感を享受しているのは、俺だけだから。めんまのことは、俺以外。誰にも見えていないいんだから。

「ねえ、宿海」

「！　えっ……」

いきなり鶴見に話しかけられ、びくっと胃が持ちあがる。見た目なんかは、安城や久川も相当な変化があったが……どうしてか、こいつが一番変わった気がする。

「めんまが見えるって……めんまがいるって。本気なの？」

「えっ？　だ、だったら何で来たんだよ！」

「ん？　はっきりさせようかなって」

鶴見は、淡々とした調子で口にする。俺と目をあわせようとしないから、眼鏡の奥の瞳の色はよくわからない……。

「はっきりさせるって、何を……？」

ザザ……ッ！

「!?」

背後の草木が、大げさな音をたてて動いた。みんなが一斉に振りかえる、木々の間にかすかに見える白い影。

誰かの、息を呑《の》む音が聞こえた気がした。一瞬にして、俺を襲う疑いのない空白。

もしかして。

「めん……ま？」

すぐ横にめんまがいるのに。思わず呟く――……と。

「よ」

松雪が、軽くこちらに手をあげてやって来た。

「はっ……なーんだ、ユキアッじゃーん!!」

張りつめた空気が、一瞬にしてゆるむ。鶴見が、わずかに目を細めた気がしたけれど。

「骨つきリブ持って来た。野菜も何種類か。あとハーブソルトとオリーブオイル……」

「うっひょー、さすがユキアッ、使えない女どもとは一味違う！」

「何をぉ！」久川と安城がやりあう声に、なぜかホッとする。もう一人のめんま、なんて。本気で信じるなんて、どうかしてる。

そうだよ。久川を除いて、信じるはずがないんだよな。めんまの存在なんて……。

「あー、それにしてもびっくりしたぜぇ。てっきりめんまが来たんだと……」

「めんまなら、いたぞ。さっき」

松雪は、あっさりと言ってのけた。その口ぶりはあまりに自然で、さらっと聞き逃しそうになる。しかし、

「めんまが!?」

久川が、逃しかけた言葉を堰《せ》きとめてしまった。

めんまなら、いたぞ、さっき？

「えっ……!?」

「へ？　めんま、ここにいるよ……？」

俺は、思わずめんまを見た。こちらを見上げるめんま、いる。そうだ。確かに、ここにいる、のに。

「うそっ！」

「ま、マジでかよ!?　どこにいた、めんまどこ!!」

「あっちの、沢の方」

「わあっ、もう一人めんまだって……行ってみよ、じんたん!!」

めんまはすでに、駆けだしていた。「あ……」動揺している間に、久川も転がるように後に続く。

「うおおっ、めんま待ってろ！　バイエルン喰《く》わせてやっぞー!!」

「あっ、待て……！」

「おい」

背後からの冷たい声に、一歩を踏み出しかけた足が……動かなくなる。松雪は、口元だけで微笑んだ。

「お前だけじゃ、なかったみたいだな……めんま、見えるの」

「！　え……」

この笑みは……何なんだ？

本当に、松雪。お前、めんまを見たのか……？

「おおいっ、じんたんも！　はやく来いってばー！」

「あっ……ああっ！」

久川に促されて、俺は走りだした。やたらとねばつく汗が、皮膚の上に一枚。膜を張ったみたいで――そこに、誰かの、俺の、雑多な思いがべたべたとくっついてへばりついてくるような。そんな、たまらなく不快な感覚を覚えた。

森夜迷宮

「めんまあぁっ、どこだぁああ～～ッ!!」

めんまの名前を叫びながら、鉄道は、仁太が一緒に輪唱してくれねぇかな……と、ちらりと思った。でも、それは残念ながらかなわない。

気づけば、仁太の姿は鳴子と共に消えていた。

まあ、いいんだ。鉄道は思う。仁太が、めんまの名前を出してくれただけで、それだけでいい。それだけで最高だ。

あの頃、仁太はみんなのリーダーだった。

体もちっちゃくて、頭も悪い鉄道を、超平和バスターズにいれてくれたのは彼だった。頭もよくて、運動神経もよくて。キラキラ輝くヒーローみたいな彼は、夏のひまわりみたいにニカッと笑って、鉄道に言った。

「おまえのあだ名、鉄道だから……そう、ぽっぽな!」

ぽっぽ。その響きは、クラスでもみそっかすだった鉄道にとっての、新しい洗礼名だった。

仁太が高校を休んでいることは、知っていた。

そんなことは、些細《ささい》なことだと思った。世の中には、もっとでっかい何かがあって、仁太にはそれが見えている。

そして、五年ぶりの再会で。自分の思いを、仁太は見事に後押ししてくれた。

めんまの名前を、もう一度、言ってくれたんだ。

それが鉄道にとっては、何よりもでっかいことだった。めんまが、本当にいるのか。ただの幻覚なのか――そんなことは、関係ない。

ずっと心に引っかかっていた《めんま》を、仁太はどこかから引きずりあげてくれた。そして、こうやって。超平和バスターズはまた集まることができた。

仁太はやっぱり、みんなのリーダーで。鉄道にとって、誰よりも強い永遠のヒーローなのだ。

だから叫びたい。めんまを、腹の底から、叫びたい。

「めんまっ。めんまぁ～っ！」

鉄道が、めんまと叫ぶ、それにあわせて芽衣子も、叫ぶ。めんまという名前を。夜の森に響くそのこだまは、鉄道の持つ懐中電灯の光に反射して、芽衣子の胸に奇妙な影を作りだす。

芽衣子は感じていた。鉄道と共に自分の名前を呼ぶことで、ここに今いないはずの自分が、超平和バスターズの確実な一員であるという喜び——そして。ここに今いるはずの自分が、現在の超平和バスターズには存在していないのだという恐怖を。

嬉《うれ》しい、怖い、きちんと対にはならない歪《いびつ》な気持ち。それでも、嬉しいのほうがやっぱり強かった。だって、みんなと一緒にいる。

「おぉおおおい、めんまさぁああんっ!!」

鉄道が自分の名前を呼んでくれるのが、やっぱり、嬉しい。

「めんまあああぁぁあっ!!」

芽衣子は叫んだ。気をぬけば心の淵《ふち》に沈澱《ちんでん》していく何かを、大きな声とともに吐きだすように。

「はぁ……………はあっ」

鳴子は走りつつ、ぼんやり考えていた。

（どうして、ヒールのある靴、履いて来ちゃったのかな……）

ごつっと地面が盛りあがるたび、角度をくきりと変えてしまうヒール。せめて、ウェッジソールにしてくればよかった。

ヒールも、服やネイルと同じく鳴子の武装だった。いまいちメリハリにかけると悩んでいる足首が、きゅっとひきしまる感じがする。人前に出ることに、誰かに見られることに、いつもより勇気がもてる。大人びた今の友人たちとも、臆《おく》することなく並んで歩くことができる……。

でも、この場所で。超平和バスターズの前でまで、武装する必要があったのだろうか。それはわからない。

そもそも、どうして自分が走っているのかもよくわかっていなかった。鳴子は、信じていないからだ。仁太の言葉を。みんなだって信じているはずがないのだ。集はただ、仁太をからかっているだけだろう。彼は——昔から、仁太をよく思っていなかったから。知利子の考えは、いつだって謎だ。昔からどこか達観した大人びた子供だった。鉄道は、本気で信じている……のかも。

（でもさ……それだって、どうかと思うよだいたい）

最初に言い出したのは、仁太かもしれない。

でも、鉄道が賛同しなければ。集が火をつけなければ、知利子が見て見ぬふりをしなければ……みんなに踊らされるのは、やっぱり仁太なのだ。

そう。被害者は仁太なのだと、どこかで鳴子は思っていた。

バイト先で。めんまの名前を出してきた仁太に、怒りを覚えたけれど……その怒りは《死んだ子の名前》を口にしたからだけではなかった。彼女の本当は、もっと微妙な色合いをしていた。

仁太には、めんまが見える。

それが事実なら——もちろん、ある意味での事実、なら——そんな仁太の気持ちを弄《もてあそ》ぶ超平和バスターズの面々を、許せないと思った。その中には、当たり前だが自分も入っていた。こんなひどいことに、つきあってちゃ駄目だ。なのに。

いつだって、周りに、誰かに流されてしまう自分。

目の前には、仁太の背中が揺れている……あの背中を、止めたい。このままじゃ、傷ついていくのは……今までだって十分すぎるほど傷ついていて、そのうえでさらに痛みの精度をあげてしまうのは。他の誰でもない……。

「……ねえっ！」

思ったよりも大きな声がでてしまった。振りかえる仁太の、その表情。咄嗟《とっさ》の瞬間、いつもわずかに開く唇の形……あの頃と、なんら変わらない。鳴子の胸が、ひとつ、強く音をたてる。それを聞かれてしまうのが恥ずかしくて、つい早口になった。

「な、なんかさあ……さすがに、馬鹿らしくない？」

（ちがう……そうじゃない）

「めんま見た、なんてさ。松雪、ふざけてるし……あんたが………めんま、とか、言うのやめれば。きっと……みんな、だって」

（そうじゃなくて、だから）

心に浮かぶ言葉と、口をつく言葉は、やはり色合いが違う。ほんのちょっとの差なのかもしれない。でも、その差は大きくて……。

仁太は、あきらかにムッとして呟《つぶや》いた。

「……じゃあ、どうして来たんだよ」

「！　それは……」

仁太はそれ以上を言わず、先へと歩きだした。

怒らせるつもりなんてなかった。鳴子は、仁太を追いかけようとして――そこに、彼女の行き過ぎた武装が。

妙な角度に、地面のカーブに、ぐらり。

「きゃ……っ⁉」

思わず、声をあげた。転んだ……と、次の瞬間。

「安城ッ⁉」

数歩こちらに戻ってきた仁太が、鳴子の二の腕をつかんだ。後ろから、彼女を抱きとめる形になる。

かあっ。鳴子の耳が、熱くなって……。

「あ、ありがとっ！　ごめ……」

「ふざけろよ」

鳴子の声は、低い声でさえぎられる。声変わりをとうにすませた、男の人の声だ。

(宿海……手。ふるえてる……？)

「馬鹿だろ……お前」

そこで、鳴子は気づいた。足もとには、流れのゆるい、深い闇に沈む沢。

それは……見たことはないけれど、想像だけはしてきたあの景色。

芽衣子のサンダルが、流されていく……あの。

「宿、海……」

「これで、こんなんで……めんまだけじゃなく、お前まで――……」

男の人の声を、耳たぶの後ろに熱い温度をもって感じる。二の腕をつかむ、震える手も……筋張った指も。

「あんた……おっきく、なってんだ」

「え？」

知らず知らず、鳴子の体から力が抜けていく。

そのことで、心と体の境界がほんのわずかに甘くなって……鳴子は、息をするように言葉をつづけた。

「ねえ……ほんとのほんとに、めんま。見えるんだよね？」

「えっ……」

「めんまのこと、やっぱり……好き、だったんだね」

「なっ⁉」仁太は我にかえり、バッと鳴子の腕から手を離した。それでも鳴子は、止まらなかった。

「ほんとに、ほんとに好きだったから……実際には、見えないものが見えるんだよね……」

「お、お前っ……」

仁太の動揺を前に、瞳《ひとみ》の奥がじんわり熱くなってくるのを感じる。

信じているわけじゃない。だけど。

「あの……めんまが見えるならさ。優しくしてやって。よくわかんないけど、お願い……」

「安城……」

それは、どこまでも気持ちとぴったりくる言葉だった。芽衣子のため、だけじゃない。仁太のためにも……優しく、してやってほしい。

仁太の掌《てのひら》の熱が、いつまでも。鳴子の二の腕に、痕《あと》になったようにこびりついていた。こんなちょっとしたことで、もう、こんなにも熱くなってしまう自分が。なんだか情けなかった――。

知利子は、集が買ってきた肉を焼くのを、瞬きもせずに見つめていた……骨付きのリブ、そろそろ裏返したほうがいいだろう。きっと、焦げ目が強くついてしまっているはず。しらっとした横顔を見せている集だが、やはり、心はどこかへ飛んでいるのだろう。

でも、声はかけなかった。失敗した焦げ目を、まざまざと集につきつけてやりたかった。

「……あー」

煙の色が、わずかに変わって。慌てて肉をひっくり返した集は、小さく声をあげた。

「やっぱりね。滅多に料理なんてしないくせに、カッコつけたもの買ってくるから」

集は、ふんと鼻をならした。

「……その、人を見透かしたような物言い。どうかと思うけどな」

「どうって、なに」

「男にモテないんじゃないかって、そーいうの」

「ご心配どうも」

超平和バスターズで、その仲が途切れていないのは集と知利子だけだった。みんなが仲良しで、みんなが一緒で……といっても、それにも強弱がある。あの頃、もっとも結びつきが弱かったのは、集と知利子だったかもしれない。

集は、何を考えているのだろう。

知利子は思う。いっそ、すべてを見透かすことができたなら……ある程度は、わかっているつもりでも。それ以上を見ようとすれば、途端に焦点がぼやけていく。

年齢を重ねるごとに、友人としての距離が近づくごとに。だんだんと集が見えなくなっていく気がして、そのたびに知利子の眼鏡のレンズは、度が強くなっていった。

見透かすことが、できたなら。

「……邪魔、すんなよ」

「え？」

集の呟きに、知利子は返事をすることができなかった。

だって、ほら。また、見えなくなった。


集は、顔をあげた。

焼きすぎた肉の、焦げた煙の中。灰にもやつく闇のむこうに、揺れる蠟燭《ろうそく》の灯《あか》り。

めんまを探せずに、うろうろと戻ってくる鉄道たちの姿をゆらりと照らしだしている。

少し離れて、仁太と鳴子……。

「なんだよー、めんまいねぇじゃんかよユキアツぅ！」

「………………」

集は、じっと見つめていた。仁太の姿を。

その隣りに、彼がずっと焦がれつづけた芽衣子がいる。その事実に、集がもちろん
気づくはずがない。

「ねえっ、ユキアツ。お肉やけたぁ？」

芽衣子が、集のあだ名を呼んでいる。

飢えつづけていた甘い響きが、今、そこにあるのに。集の意識はそこになく、仁太だけに注がれていた。

高校に通えず、髪ものびきって。しかし身長はそんなにのびることなく。仁太は、それでもどこか格好いい気がした。

実際にそうなのか、過去のなんやかやから、集の目にはそう映ってしまうのか。どちらにしても……。

(むかつくんだよ)

集は、睨《にら》みつづけていた。その視線に気づいた仁太も、集をわずかに睨みかえした……けれど。仁太は、長いことはもたずに視線をそらしてしまった。

(俺の勝ちだ……)

子供みたいな勝ち負け論がよぎる。でも、なぜなんだ。

どうしても、自分が勝っているとは思えないのは——なぜだ。

「おいおえー、せっかくの肉がコゲコゲじゃーん！」

「第二便、もうすぐできるから。待てよ」

松雪が、肉に塩コショウするのを横目に——俺は、カニに切られたバイエルンを、その形状にはなんの感慨もなく口の中に放りこんだ。

引き上げられて時間がたち、すっかり冷えたバイエルンは、脂身がにちゃにちゃと奥歯にひっついた。

なんて不快だ……湿気の多い、この夜も。全部が全部、不快だ。

松雪は、何気ない顔をして新たな肉を焼いている。

めんま、見たなんて言っておいて……この余裕かよ。

間違いない。こいつはきっと、俺をからかうために嘘をついたんだ。なんなんだよ、半端なんだよお前。どうせ嘘つくなら、最後までつきとおせっての……。

「それにしても、ひどいぜユキアツ！　余裕こいちゃってさ、一緒に探してくれたってよぉ……」

「あー……めんまの頼みだからな」

「え？」

松雪は、肉を焼く手をとめずに、さらりと言ってのけた。

「めんまが、俺の前に現れたとき——言ってた。これ以上、騒ぎたてないでくれって」

「えっ……？」

松雪は、俺をまっすぐに見つめながら。また、口元だけで笑ってみせた——俺を試してる、底意地の悪い瞳だ。

「へえ？　めんま、そんなこと言ったの？」

俺の隣に立つめんまは、きょとんと小首をかしげている。

やっぱりだ……なんなんだよ、こいつは。

俺を馬鹿にするために、わざわざバーベキューに参加か？　わざわざ、高い肉まで買って？

「願いだなんだって、勝手にさわがれんの。迷惑だったのかもしれないな、めんまにとってはさ」

松雪は、なおも続ける。俺を見つめたままで。

「ちょっと、松雪！」

みんな、松雪の企《たくら》みに気づきはじめる。安城は、俺と松雪を見比べて不安そうにしている。

「めんま、気持ち悪いんじゃないか？　もう五年もたってんだぜ？　それなのに、いつまでもぐじぐじ未練がましく」

「おいっ。ユキアツ、お前よぉ……！」

「く……っ」

「俺も、反省してんだ。つい、宿海につきあってやっちまったけど……こんなの、めんま。喜ばないよな絶対」

「……」

「宿海が、可哀そうでさ。めんまいなくなって、学校も行けなくなっちまうなんて。哀れでさ……」

「！　じんたん……」

めんまが、目を丸くしてこちらを見ている。

もう、サンドバッグだ。どうだっていい……なんとでも言え。

「でも、こんな馬鹿な真似して。本当に可哀そうなのは、宿海じゃなくてめんまなんだよな……」

松雪の気持ちは、わからない。俺に恨みでもあるのか……俺が、あの日。めんまに、あんなことを言ったから？

俺がめんまを傷つけて……そして、めんまは、そのまま――……。

「ちがうよッ‼」

ハッとめんまを見る。

めんまは、ぷるぷると横に首を振っていた。俺に対して、ではなく。みんなを、ぐるりと見渡すようにして。

「そんなことないよ！　かわいそうだなんて、そんな……めんまも、よくわかんなかったの！　そりゃ、なんでここにいるのかわかんないし……いろいろ怖いしっ、今も、いろいろわかんないしっ。だけど！」

気づけば、めんまは泣いていた。

ぐしゃぐしゃの顔で、小さな拳《こぶし》をぎゅっと握りしめて。

「みんなが集まってくれて……みんなが、めんまのこと思い出してくれて。そのほうが、ずっとずっと嬉《うれ》しいよ！」

「！　あ……」

「なあ、宿海……お前らもさ。めんまのこと、もう忘れてやろうぜ。いつまでも、しつこく思いつめんのは……」

「やだっ！　ちがう……ちがうんだってば‼」

松雪には届かない、叫び。それでもめんまは、諦《あきら》めなかった。

「めんまが、死んじゃってもねっ……みんなには、ずっと！　ずーっと、なかよしでいてほしいから！　だからっ……」

涙がふっとんでいきそうなぐらい、ぶんっと頭をふって……。

「だから――……めんまのせいで、ケンカ、しないでっ!!」

……………。

「……なんなんだよ、それ」

「えっ……宿海？」

思わず、口をついてしまった。なんなんだよ、それ。

ケンカしないでって……めんまのせいで、って。こんな時に、俺たちの心配かよ。

勝手に、自分の考えと違うこと言われて。否定したくたって、聞いちゃもらえなくて。言葉は、届かなくて。

一番、傷ついてんのは――……お前じゃねぇかよ？

「へえ……言いたいこと、あるのか。なあ、宿海？」

松雪が、挑発にのったとばかりに微笑んでいる。

何か……答えなけりゃ、と、思う。

「あ……ぁ………」

言いたいことなんて、山ほどあるんだ。

なのに……喉《のど》の奥に、言葉がぺたりと貼りついちまったみたいだ。だって、何を言ってもきっと、馬鹿にされるだけだ。

馬鹿にされたくない。

それは、リーダーとしての資質をまったく失った自分を、じゃない。そんなのは、もうとっくに諦めた。だけど。

ここにいるめんまを――そりゃ、俺の幻覚かもしれない。それでも、確かにここにいて、こぼれそうな涙に小さな肩を震わせてるめんまを。馬鹿にされたくなかった。

俺が何かを言えば、松雪はさらに喜んで、俺を傷つけようとするだろう。それは、俺なんかよりずっと、めんまを傷つけることになる。だから……。

「おい、宿海。どうしたんだよ、答えろよ？」

「いい加減にしろよ！　ユキアツ……!!」

久川が、松雪の腕をつかもうとした、その時。

「…………」

めんまが、キッと決意の顔をあげて走り出した。

「えっ……？」

めんまはそのまま、安城が置きっぱなしにした花火に駆け寄った。そして、袋に手をかけて……。

「信じて……！」

叫び、バリバリッ。おもむろに、開封しはじめた。

「！……えっ」

最初は、みんな気づいていなかった。

驚きで声のつまった、俺の視線をたどって……そして、俺とまったく同じように。

言葉を失った。

「なっ……⁉」「ひいいいいっ⁉」

やがて、みんなが取り戻した言葉は。夏の終わりの怪談を目の当たりにした人間の、凡庸なリアクションだった。

目の前で、めんまが花火を開封し、それらの一本を選び取っている。俺には、そう見える……でも、こいつらには。

「な、なになにっ。花火が勝手に……！」

「おい、宿海！　ふざけんな、なんのトリックだ⁉」

松雪まで顔をひきつらせ、裏返った声をあげて。

「やめとけって……やめろよ、めんまッ‼」

本当は、ちょっと気づいてた。このめんまは、何かに触れることができる。幻覚なのに？　いや、もう真偽なんてどうだっていい。だったらみんなに、めんまがここにいる証拠なんて、いくらでもつきつけることができる。

でも、それをしたくなかったのは。

めんまを――……みんなの仲間だった、今だってみんなの仲間だと思ってるめんまを。あの頃と、まったく同じふにゃっとした笑顔をみせる、ですよ。やらボーボボやら、子供じみた語彙《ごい》をもつめんまを。

夏にぴったりすぎる、《幽霊》なんて存在だって……超平和バスターズに、思われたくなかったから。

「めんま……ッ!!」

それでも、めんまは止めなかった。怖がられることも、誤解されることも厭《いと》わずに。

手にした花火を、そっと……鶴見がセッティングした、怪談にぴったりの蠟燭《ろうそく》ってやつに。近づけた。

シュワッ……。

サイダーが弾《はじ》けたみたいな、驚くほど爽《さわ》やかな音をたてて。花火の先に、火がつく。

そして――……。

「!!」

めんまは、みんなの前で。花火を中空で、動かしてみせた。

闇にぼうっと浮かびあがる、その軌跡——。


それは、あの夏の記憶。

みんなで小遣いを出しあって、花火を買った。火で遊ぶなんて、禁じられてるから。悪いことをしてるみたいな、禁じられたわくわくをもって、みんなで日暮れを待った。

あの日も、シュワッて。サイダーみたいに火がついた気がする、花火の先端——……わあって、誰からともなく歓声があがった。

「うわっ、じんたんすげぇ。まる！　まる！」

やっぱり俺たちは、ガキだった。色鮮やかな火花をじっと見つめて、情緒を楽しむなんてできやしない。花火をぶんぶん振りまわして、暗くなってきたあたりに、火花の軌跡をいくつもつくって遊び始めた。俺は、くるくると手首のスナップをきかせて、○を自慢げに何度も宙に浮かべてみせた……それを見ていためんまが、

「じゃあさっ。これはなーんだ！」

花火を動かして、変な動きをしてみせた。

「あんだよそれ。８の字か？」

「あっ。もしかして、無限大？」

鶴見の気づきに、めんまは嬉しそうに頷《うなず》いてみせた。

「そうだよ。むげんだい、のマークだよ！」

「ええー、むげんだいってなぁに？」

「知らないのかよぽっぽ。無限大って、ずーっと永遠につづくって意味だよ」

松雪の説明に、めんまはまたもうんうんと頷いて。

「そうだよ。これ、超平和バスターズのことだよ！」

そして、思いきりの笑顔をみせて——。

「ずーっとずっと、なかよし、って意味だよ!!」


「……めん、ま」

闇に浮かぶ、花火の軌跡で生まれた花。

その花の持つ、花言葉——めんまは、何度も何度も花火を動かして、何度も何度も
『なかよし』を生みだしつづけた。

「あ……っ」

今まで、怯《おび》えていたみんなの表情が……それを思い出して、気づきはじめて。色を変えていく。

夏の怪談を目の当たりにした、その表情とは……もう、違う。

驚きと、戸惑いと……それだけじゃなくて。

「ほ、本当に――……めん、ま」

安城が、思わず呟《つぶや》いた。その瞬間。

「……ざっけんなよッ!!」

松雪が、叫んだ。めんまの動きが、ぴたりと止まる。

「ユキアツ……?」

「ふざけんなよ、なんだよこれ？ ……俺は、信じない！ 絶対に……信じないからなッ!!」

夜の森に響く、松雪の叫び。

苛立《いらだ》つように走りだした、松雪の足音――次第に遠ざかっていき、それを誰も止めず、じっと耳をすましていた。

松雪発の音は消え、かわりに夏の終わりの虫の音が、辺りを支配する。それでも、みんなが黙ったままだった。

その沈黙は——みんなが、めんまを、信じた。その瞬間を、大音量で訴えつづけていた。

めんまの手にしていた花火は、いつしか……その火種を、しゅううと消耗していた。

「じんたん」

めんまは、俺に向かって笑ってみせた。あの日のように、とても下手くそな、ふにゃっとした笑みだ……そして。

「ごめんなさい」

なぜか……俺に、謝ってみせた。

## 同じ傷

ジジ……ッ。

秘密基地のランプにむらがる虫の羽根の音が、静まりかえった室内に、わずかに生気を披露してみせている。

鉄道も、知利子も、鳴子も。ただただ、沈黙の中に沈んでいた。集は帰ってしまった。仁太も……芽衣子と一緒に、帰った。

芽衣子と一緒に、帰った？

あの瞬間。花火が∞を描いた瞬間。彼等は確かに、これ以上ないほどの《体感》をもって、芽衣子を信じた。

しかし、こうして時がたってしまうと……この目にしたものが、確実なものだったのか。自信が持てなくなってくる。

「めんま……本当に、いたのかな。あそこに」

かすかに震えるトーンで、口火を切った鳴子に。知利子は答えた。

「共同幻想って、知ってる」

「共同幻想？」

「同じ傷を持ってるから……私たち、同じものを、見た」

……同じ傷。知利子の言葉は、鳴子にとってはどこか甘いものだった。

今まで、一人で耐えてきた──そんなはずはない、と解りきってはいたが、共有できる瞬間を持てなかった──傷に、同調してもらえたのだから。

「そう……かもね、うん。そうかも」

二度、「そうかも」と口にして。鳴子はだいぶ落ち着いてきた。

だって、本当に信じてしまったら。そんな……。

「……お前ら、アホか？」

ハッと、鳴子と知利子は顔をあげた。

「なんで、しんじねーの？　どう考えたって、あれ、めんまだったろ？」

「で、でも……」

「チャンスなんじゃねぇのか」

「えっ……」

鉄道は、過去の彼に関する記憶のページの、どこをめくっても描かれていない真剣な瞳《ひとみ》をしてみせた。

「めんま、いるんだったらよ……ぜんぶ、謝れるんじゃねぇのか。だったらそれ、すげぇことだろ！」

それは奇《く》しくも、一昨日《おととい》の晩、仁太が思っていたこととそっくり同じだったのだが
——鉄道がそれを知ることもなく。

「そう……だよね。謝れる………うん……」

鳴子も、鉄道の言葉に同調した。それができるのなら、ずっと抱えていた逃げ場のない思いも……。

「謝るって、なにを？」

しかし、知利子の声はどこまでも冷静だった。

「なにを、って……」

「めんまが死んだのは、あなたのせいなんだ？」

「!!」

鳴子は、うっと言葉につまった。言い返せなかった。

「待てよ、鶴子ッ!!」

「………」

「あなるのせいとか、誰のせいとか、わけわかんねーぞ！　俺だって……あのときは、はやしたてたし。その……お、おいっ！」

知利子は、最後まで聞かず去っていった。鉄道は慌てて、鳴子をふり返る。

「おい、あなる……」

「……あなる、よぶな」

その返事に、わずかにほっとしたが……それも一瞬で。すぐに、鉄道の心は知利子の言葉を反芻《はんすう》していた。

（謝るって、なにを？）

謝りたいことなら、たくさんある。あえて言ってしまうなら、まさに《死ぬほど》あった。

でも、何を謝ればいいのかは……知利子の言うとおり。具体的には、何一つわからなかった。

（何を、しているんだろう）

一人、夜の橋を渡りながら。知利子はぼんやり考えていた。

誰かが、誰かを傷つける。

(今回は、私が、安城さんを傷つけた)

いや……そうじゃない。傷つけたのは、きっと。

知利子は、芽衣子が死んだのは鳴子のせいだと、《鳴子が思っている》ことに確信があった。

自分の中でも、何度も何度もくりかえされた問いだったからだ。

(みんな、傷つかなくちゃいけないの)

それはもちろん、自分も例外ではなかった――。


薄暗い部屋に、集が立っていた。

飾り気のない部屋は、集がまったくの無趣味であることを物語っていた。ゲームもなければ雑誌もない。少年らしいちょっとした《大人ぶり》すら、ここには存在しなかった。洋楽のCDも、純文学の山も。

それでいて、ここにはむっとなるほどの、集の《執着心》が立ち込めていた。集は、そんな部屋で。しばし、じっと立ち尽くし――。

バンッ!

いきなり、耐えきれなくなったように。椅子を蹴《け》り飛ばした。

すぐさま身をひるがえし拳《こぶし》を握り、壁を殴る。何度も、何度も。鈍い痛みが、焦《じ》れったい。もっと、鋭い痛みがほしい。胸の痛みを、軽々と上書きしてくれるような、そんな痛みが。

「ふざけんな……ふざけんなよ!!」

怒りがおさまらなかった。

集の脳裏に、仁太の、勝ち誇ったような態度が。

(誰がだって……ふざけるな、あんなのはトリックだ、あんなのはだって誰だってなんなんだよ本当にお前がお前がお前が)

考えるたび、血液がぐつぐつ沸騰してくるような――。

(お前が――めんまを語るな!)

めんまが、もしいたとしたら。

だったら、なんであいつにだけ見えるんだ?

そんなことがあってたまるか……幽霊じゃなくたって。頭のイカれた負け犬仁太の幻想だって、それだって許されない。

そうだ、あいつには、なにひとつ許されない。めんまに関わる、なにひとつ――集は、もうどうにもならない思いを、どうしていいかわからなかった。

わからなかったから、集は。扉をあけて——そして。

《めんま》に声をかけた。


「出て来いよ、めんま……」

……開いた扉の先、闇の中には《めんま》がいた。

仁太が見たものとは違う……それでも、鉄道が見たものとは同じ《かもしれない》、夏の亡霊だ。

「めんま……」

そっと、優しく、抱きしめる。細い、キシキシした感触の髪を軽く撫《な》でる。愛を語るには、時間が足りない……そう、時間はない。

「可哀想だよな、あいつら。あんなのに振り回されて。でも……俺、あいつらも許せないんだよ。めんま……あいつの戯言《たわごと》を本気にするなんて、お前のこと。忘れかけてる証拠だろ……?」

もう、お前にだけ、寂しい思いをさせたりしない。

俺が、お前の《孤独》に寄りそってやる――集は、そう決意していた。

## 夏のノケモノ

蚊取り線香に火をつける。すうっとひとすじの煙があがっていって、湿った居間にゆらゆらと揺れた。

「んはー、いいにおーい。めんま、かとりせんこのにおいが、世界のにおいで一番すきかも！」

家に戻って、めんまはやたらハイテンションだった。わざと明るくふるまっているのがバレバレで、こちらの表情が思わず強張《こわば》ってしまう。

それを、めんまは気に……したんだろうか。別に責めてるわけじゃないのに、ぱらぱらと今日の出来事を、歌うように口にする。

「あーあ。めんま、めんま見たかったのにね。ざんねん！」

「………」

「めんまルイージは、緑色のワンピースなのかなっ……あーでもめんまのは、赤くないしなぁ」

　みんなは、めんまを信じた。

　想像したとおり、やっぱり顔色をかえて。ろくな会話もせず、めんまのことについてもとくに触れず、なんとなく別れた。俺の話を、一応は信じていてくれたように見えていた、久川ですら。そうだった。

「めんまルイージ、やっぱりめんマリオより、背高いのかな？」

　俺だって……最初は、怖かった。仕方がない。

　俺には、めんまが見えるから、喋《しゃべ》れるから。だからこそ、受け入れることができたんだと思う。ただ、めんまがいるって言ったって……その幽霊の姿が見えなけりゃ。ざっくり肉が削《そ》ぎ落とされた、ゾンビみたいな見た目を想像されたって仕方ない。宙に描かれた、無限大。あの瞬間に、あいつらの中でめんまは、記憶の中の《なかよしのめんま》じゃなくて。

　幽霊――……に、なっちまったんだ。

「めんまルイージ、おとなっぽくて美人さんだったら、じんたんはめんまルイージのがいいと思う？」

　幽霊だなんてそんな、はっきりしたネーミングで、あいつらに思われてしまうなら……いっそ、俺の幻覚のままでいてくれたほうがよかった。

そうだ、名前をつけられるのがいやだった。

めんまに、めんま以外の、どんな名前も。

「……ねえっ、じんたん？」

「あ……え？　なに？」

「お話、聞いてない！　もう、あのね？　めんマリオとねー」

「……めんま。あの、さ」

「あー！　まだめんまくえすちょん、こたえてないのにぃ」

「どうして……謝ったんだ？」

「！　………」

ふっ。めんまは目を伏せた。

しばらく、そのまま考えて……そして。ゆっくり、ちょっとずつ、絡まっていた糸をほどくように呟《つぶや》いた。

「めんまはね……ノケモノがいいの」

「えっ……」

のけもの……？

「おうちに帰ったらね……ママね。めんまの……おぶつだんに、カレー。おそなえ、してくれてたの」

「あっ……」

血の気が引く、ってのはこういうことかと思った。

めんまが、家に帰っていた。それは不思議なことじゃない。でも、だけど……この口ぶりは。切なげな瞳《ひとみ》は。

「ママね。めんまの頭わるいから、おうちに帰ってくるかもって思ってるの。そういうのがね、パパもね、サー君もね。きっと、みんな、悲しくって」

めんまは、口にしながら……ぎゅっと、膝《ひざ》の上で掌《てのひら》を握りしめていた。涙を、必死にこらえていた。

なんて、残酷な問いかけをしてしまったんだろう。今すぐ、別の話題に切り替えたい。だけど、震えながらも必死に紡ごうとする告白を。

俺はちゃんと、聞かなきゃいけない気がする。

「たぶんね。めんまはね、めんまは、ちゃんと死んじゃったねーって。ちゃんと、天国にいるねって。みんなに、思われてたほうがいいの」

「………」

「だって、みんなには見えないんだもん、めんま。だったら……ノケモノでいたほうが、きっと、いいの」

ああ……と、思う。

こいつは、いつもこうだった。あほうな物言い、ズレた行動。でもその裏でいつも、周りのことばかり気にしてた。

人の顔色うかがって。自分が道化になっても。

「なのに……思わずね。あんなふうにね、いるよって、みんなに……花火、しちゃってね……見えないなら、見えない……ままで、きっと」

こらえきれず、めんまの瞳から。ぽたぽたと、涙のしずくが落ちていく。

でも……めんま。おかしいだろ、だって。

「ノケモノに、できるはずないだろ」

「じんたん……」

「だって、俺には……お前、見えてるし。もう、お前がここにいるって……信じまくってるし」

「！　あ……」

めんまは俺を、奇妙なもの――それこそ、幽霊でも見るように、きょとんと見つめた。そして……。

「うれしい」

小さく、小さく。きょとんをキープしたまま、呟いた。

「電気、消すぞ」

「うん。おやすみぃ！」

めんまをベッドに寝かせ、ソファに寝転がる。昨日とは、違う角度で横になってみる。少し、腰が痛い。

暗い室内に、カーテン越しの月あかり。部屋の中をほんのりと浮かび上がらせて、めんまの白い肩を優しく照らす。

月ってこんな、明るかったんだな。

最近じゃ、いっつもゲームしながら寝落ちしてたから……二十四時間、この部屋には蛍光灯がついていた。昼間、灯《あか》りが必要なくたってついたままだった。ずっと、陰な俺のかわりに、白々しい蛍光灯がびかびかと光ってくれていたんだ。

でも……今は。

本来、そこにあった、自然なやわらかな光が。めんまを……。

「……じんたん」

「えっ……？」

ベッドの上のめんまが、こちらに背を向けたまま口にした。

「いっこ、聞いていい？」

「何をだよ？　ああ、めんマリオについてか？」

「……学校。いかなくなったの、めんまのせい」

「…………」

今にも、消えいりそうな声音。なんだよ……それ。

「松雪の言ったこと……気にしてんのか」

松雪はたしか、俺の事を『めんまいなくなって、学校も行けなくなった』って言ってた。あまりにもの言葉のサンドバッグに、その一つ一つの台詞《せりふ》の強度なんて、考えられなかったけど。

「ううん。でも……」

「そんなんじゃねぇよ」

いや、理由なんてわからない。

めんまがいなくなって。おふくろがいなくなって。受験に失敗して。絵に描いたような《登校拒否》の理由達……でも。

「……ただ、めんどくせーから。それだけだよ」

「そっ、か……」

めんまは、ぐるっ。タオルケットを足に巻きこみながら、こちらを向いた。いたずらっぽい瞳をみせて、

「あっ。もしかして、これがめんまのお願いかもしれないね？　じんたん、学校いきますよーにって！」

おどけた口調で、言ってみせた。

「……お前、そのお願いってやつ。都合よくつかってるだろ」

「へへっ」

めんまは、わざとらしいぐらい、明るく笑ってみせた。

学校について、口にしたことを。誤魔化すように……。

「じゃ、もっぺん。おやすみなさい！」

「ん……おやすみ」

しばらくして……めんまの、規則的な寝息が届いてきた。

めんまの肩を照らす、月の光は。いつしか、夜の雲に覆われて。

「………」


めんまがいないあいだに、いろいろ変わってしまったことがある。

年齢だって、身長だって、巻き戻りやしない。

超平和バスターズの、関係だって。でも、少しでもいいから、あの頃の俺に――……

……いや。あの頃に、近づきたい。そう思った。


「ええっ、仁太君。どうしちゃったの？」

朝の気配が、居間に立ちこめてる。近頃じゃ、親父の出勤前に目覚める事すら珍しかった俺を……しかも、高校の制服を着て居間に降りてきた俺を、親父は目をまん丸くして出迎えた。

「いや、別に………なんだよ？」

「い、いや。別に？」

俺の言葉を、そっくりオウム返しして。なんでもない風を装う親父は、あきらかにそわそわしてる。

「あ、朝ごはん食べてく？」

「ん……いらね」

「そっか。でも、なんかちょっと……あ、ヨーグルトあるからね」

「ああ……」

洗面台の前に直行して、歯ブラシにべったりと大量の歯磨き粉をなすりつける。なんとなく、強い刺激でいろいろなものを誤魔化したい。

鏡ごしに、親父が仕事へ行く準備をしてる姿が見える。やっぱり、そわそわしてる。こっちをちらっと見て、鏡を通じて俺と目が合うと、あわててそらして。

「……ぺっ」

口の中にたまった、ミント味の唾《つば》を吐きだす。

学校行くってのに……嬉《うれ》しい、とかじゃねぇのな。親父。

そんな親父のリアクションに、迷惑かけてんだな、と、今更ながらに思う。《学校に行かない》なんて選択肢は、ハナからなかったあの頃の俺。親父も、かなり戸惑っただろうな……。

「——……うわっ！」

めんまが、いつの間にか俺の膝《ひざ》の下にしゃがみこんでいた。

「え、仁太君？」

「あっ……っと、いや別に」

「またでた、いやべつに星人」

めんまは、親父に声が聞こえないのをいいことに、まんまいつもと同じトーンで喋《しゃべ》りかけてくる。もちろん、俺は小声で。

「も、もう起きたのかよ……」

「めんまじょーくだよ」

「へ？」

じょーく、という響きとは不釣り合いに。めんまは俺を睨《にら》みつけるように、やたらシリアスに口にした。

「昨日の、めんまじょーくだよ。学校いくの、お願いかもよ、ってゆうの」

「え……」

「無理、しなくて、いいんだよ？」

泣きそうに、挑むように……ああ。こいつは、本当に。

「……ばぁか」

親父からは見えないように、軽く、めんまをでこぴんする。

「あぅ」

「そろそろ、学校行こうかなって思っただけ。行かなくなったのも、おんなじ。とくに理由なんてねーんだよ」

「じんたん……」

めんまの願いを、叶《かな》えてやる。

もちろん、これが願いだなんて本当に思ってるわけじゃない。なにしろ、《みんな》が関係ないし。

とりあえず、何か動かないと。落ちつかないだけだ。

――あの頃の俺に、近づきたい。それだけだ。


じわじわとうるさい蟬の声に、これまたうるさいガキどもの馬鹿笑いがＭＩＸされ。その配合が、しだいにガキ優勢になる。

こんなに、短かったか……と思う。学校への道のり。まあ、高校に行ったのなんて、受験の時と、あと数回、ってなもんだけど。

辿《たど》り着きたくない、と思えば思うほど、あっという間。

じりじりと、後頭部に照りつける太陽。ああ、汗が流れる。

通りすぎる生徒達。みんな、知っている顔にも見えるし、知らない顔にも見える。顔の判別が、あんまりつかない――そうだ、判別をつけないまま行けばいい。このうるさい声も、一つの音の塊として考えろ。

一人ひとりのプロフィールを考えてたら、足が止まる。

「……あっ。暑い、暑いんだよ……」

口の中でくりかえしてみる。

奇妙な奴だろうな、独り言をぶつぶつと。でも、仕方ない。何かを口にしないと、耳から入ってくる情報量が多すぎて、やりきれないんだ。

「あれぇ～、宿海じゃん？」

「!!」

音の塊から飛び出した、喉《のど》に脂肪がたんまりついたビッチな声音。

思わず振りかえると、そこには……知っている顔にも、知らない顔にも見える、二人の女。

「学校来たんだ、えらいえらい！」

真っ正面からむかいあったせいで、あやふやなプロフィールが確実になってしまった。

そして、たぶん今は同じクラス……安城の友達だ。でも、昔はこんな黒かなかった。一人は中学で、隣のクラスだった女。

なんだよ、こんな無駄に日焼けして。焼き豚色じゃねぇか。

「どしたの？　なんか顔色わるいよぉ？」

「…………」

ぎろりと、視線を向ける。話しかけんな、俺に。

多少、焼き豚はひるんだ……かに見えた。けれど、

「へーきへーき。一学期来なかったぐらいで、誰も気にしてないし～……ってか、誰も宿海なんて眼中ねぇし？」

「ぎゃははは！」

さらに、でかい声で俺を威圧してきた。

なんだ……なんなんだ。このチャーシューとその他一名は。何がしたいんだ？　俺をからかいたいのか？　それとも？

「おっはよー……!?」

「あっ、きたきた。鳴子ぉ～」

「！　宿海……っ」

間の悪いタイミングで、安城がやってきた。俺を見て、一瞬、息を呑《の》む。

昨日、さんざん、顔をつきあわせた。こいつの腕を取ったような記憶もある。

だけど――慣れない学校の前で、見るこいつは。

「それにしても、愛の力って偉大じゃね？　あんたが家、行ったげたから！」

「！　なっ……!?」

「熱いっ、愛が熱いよぉおお!!」

チャーシューとその他一名は、ブヒブヒ盛りあがり始める。安城は顔を赤くして、言い放った。

「やめてよっ！　こんな奴と──……あっ！」

安城は、《こんな奴》をちらっと見た。たぶん、こんな奴はきっと、唇ぶるぶる震わせてんだろうな……だせえな。

でも、ださいまんまじゃいられない。

「熱い、か……そーなんだよな……」

「え？」

脳味噌《のうみそ》が、ぐるぐる回る。気の利いた、こいつらにダメージを的確に与えられる言葉を探して、フル回転。

「暑さにでもやられてないとさ。こんな、低脳な奴らら……！　らばっかの動物園みたいなとこ来る気なんた……なんてっ、おきねぇ、しっ！」

……しまった。俺は。

「ぎゃはは、嚙《か》んだ！」

「捨て台詞《ぜりふ》、嚙んだよ。こいつ――――!!」

かあああああっ。

「あっ……宿海!!」

俺は、走った。なんでこんなに、走ってばかりいる？

暑い、耳の辺りが熱い、笑い声はいつまでも追ってくる。

でも、その笑い声の中に、安城の声はなかった――気がしたけれど、でも、それも定かじゃないし。どうだっていい。

ここに、俺の味方はいない。


「……はーぁ」

公園のベンチに背中をあずけると、ざらざらの木肌がシャツに軽くひっかかった。頭上の緑が、どこまでも濃い。

この公園でも、よく遊んだよな……遊具なんてほとんどない、ガキに冷たい公園。じーさん達がいつもゲートボールやってた。

あの、木のトンカチの柄を長くしたみたいなスティックに、触ってみたくて、ずっと遊んでみたくて。

でも、《老人にならなきゃ、やれないスポーツなんだ》ってじーさん達に言われて。めんまは、足踏みして。「はやく、おばーさんになりたいねっ！」

なんて……めんまの奴。

「めんま……俺、学校。行けなかったわ」

思わず、独り言を呟《つぶや》いてみる。

小学校の頃、登校拒否の奴はいた。気にせず、フツーに戻ってくりゃいいのにって思ったけど。そんな簡単じゃねぇわ。休んでた半年が、すっかり身体にしみついちまって……一人でいるのに慣れて、他人の目ってのに、すっかり弱くなって……。

『無理、しなくて、いいんだよ？』

「…………」

……くっそ。

俺が考えてることなんて、めんまには全部バレてる気がした。結局、学校に行けずにのこのこ帰ってくることも、たぶん、見抜かれてて。

俺が、あの頃の俺に戻れないって……めんまには、わかってて。

「…………」

そんなの、認めたくなかった。

俺だって、めんまのあれこれを想像できる。家に帰った俺を、出迎えるであろうめんま。きっと、笑顔なはずだ。

学校に行けなかった俺を、そんなことはまったく口に出さず、ごくごく普通に受け入れてくれる。めんまは、そういう奴だ。

「……帰れねぇ、よな」

鼻の下を、汗が流れてきた。九月だってのに、夏の終わりはまだまだ見えない……唇にまで到達したそれをぺろっと舐《な》めると、軽く塩からかった。


木陰の見せかけの涼しさに、救われたように顔をあげれば——秘密基地は、とりあえずの残暑の気配の中だった。

これだけ暑いのに、秘密基地の屋根に降りる日差しだけは、どこか九月の色。なんだか、損してる気さえする。

ここに、来ちまった。

超平和バスターズとの再会。いい事ばかりじゃなかったけれど、家以外にも《とりあえず寄れるとこ》ができたのは、救いなのかもしれない。

「……ん？」

扉に手をかけると、なんの抵抗もなく開いた。

鍵《かぎ》がかかってない、なんて不用心なんだよ……久川、ここにずっと住んでるんだよな？　盗まれるようなもんは、そりゃ、ないだろうけど。

「おーい……久川？」

九月の白々しい光、それとはきっぱりツートンを見せる、真っ暗な室内。とりあえず、足を踏み入れると……。

「……うわっ!!」

入り口付近の、こんもりしたタオルケットの塊に。中身が入っていた——久川が、丸まって収納されていた。

「……よー、じんたん」

テンション低く、緩く喋《しゃべ》らせると、久川の声からは完全に昔の面影が消える。その目は、真っ赤にはれていた。

「めんま……いんの？　そこに」

「い、いや。今日は……いねぇけど。どうしたんだ？」

「そっか」

このクソ暑いのに、タオルケットを肩にかけたままのろのろと起き出した久川。トランクスの紐《ひも》がかなりゆるんでる。

「……刺激的な、夜だったな」

「あ？　ああ……」

「俺……めんまがいるって、信じてた」

久川は、どこか虚《うつ》ろな目で。ケツをぽりぽり掻《か》きながら、

「でもよ。結局のとこ、おれが信じてたのは……じんたんなわけよ。だから、じんたんがめんま信じてるんなら、俺もめんま信じるっつー方程式なわけ」

方程式……？

「でもよ………なんつうか、その………さ」

久川は、ケツをひたすら掻く……それ以上の動作が、何も思いつかないんだろう。

そして、久川がやっと思いついた次の行動は。

「ちー！ーーんっ！　ずずっ」

テーブル脇に置かれたティッシュを手にとって、思いきり、擬音をわざわざ口にして鼻をかむことだった。

そして、気分を変えたように俺を見て、

「やっぱよ。じんたんって、特別だったんな。めんまにとって」

「！」

顔が赤くなるのを、感じた。

特別。その、甘い響き。しかも、自分で思うんじゃなくて、第三者からつけられた称号。俺は、めんまの、特別。

「な、なーに言ってんだよ！　そんなんじゃねぇって」

なぜだか、やたらとでかい声が出た。

「だってよ。じゃなかったら、なんでじんたんだけになんだよ」

「いや、わかんねぇけど……」

「謙遜《けんそん》することないわ、特別なんでしょ」

「！　うわっ」

気づけば、背後に鶴見が立っていた。

ぼけえっとしていた久川は、いきなり。眉《まゆ》をきっと吊《つ》りあがらせる。

「鶴子！　お前よォ、ゆうべあんな……！」

「ゆうべ？」

「い、いや……」

鶴見は答えずに、久川に紙袋をつきつけた。都会のデパートで買い物するともらえる、鮮やかなタータンチェックのシャレオツ袋だ。

「これ、持ってきたの。マグカップ……バーベキューのとき、あまりに食器類なくて。驚愕《きょうがく》したから、ここ」

「えっ？　い、いいのか……あれっ？　なんだよこれ……コーヒーメーカーじゃねえの？」

「おまけ。母がバザーで、新しいの買ってきたから……お古だけど」

「うぉおサンキュー！　なんだよお前、貴族かよ鶴子ぉおおお!!」

久川の眉が、ひゅんっと。定位置よりむしろ下にさがった……物をもらえば態度が軟化する。実にわかりやすい奴だ。

「今日ね……松雪、学校。休んだの。長丁場になるかもしれないし、飲み物もほしいなって」

鶴見は、眼鏡の下の瞳《ひとみ》を細めた。長丁場？

「うっへぇえええ！　さっそくコーヒータイムしようぜ！」

鶴見の言葉の意味を、質問するより先に。久川は、うきうきとコーヒーメーカーをいじりはじめた。

鶴見は、ずっとここが自分の居場所だったみたいに。古びたソファに腰かけて、ちらりと俺を見上げた。

「……めんまは、留守番なわけ？」

「！　信じて、くれたのか……お前も」

「わからないわ。でも、はんぶん信じてる」

そこで、コーヒーメーカーと格闘していた久川が、わずかに恨めしそうな声を出して見せる。

「なんだよ。一応、話は聞いていたらしい。共同幻想やら、言ってたくせによぉ……」

「大丈夫」

「へ？」

「私も、ちゃんと傷つくわ」

久川の問いに、まったく対にならない台詞《せりふ》を。鶴見は、ぽそっと呟《つぶや》いた。

# 名前を呼んで

「…………」

この凄《すさ》まじい暑さの中で、クーラーを《つけ忘れた》集は、じっと携帯を見つめていた。

知利子から届いたメール。『今夜、めんまの歓迎パーティーをすることになりました。超平和バスターズの皆で。具合悪いだろうけど、よかったら』

「よかったら……なんだ？」

よかったら、って、良い理由がひとつも見つからない。

集は苛立《いらだ》った——知利子に、裏切られたような気がした。

超平和バスターズの皆、だって？

集の怒りは、そのまま《めんま》の怒りになる。彼女が静かに震えているのを、その低く乱れた吐息を、耳元に感じるようだった。

集には、正確な判断はできないのかもしれない。それでも……もう、それしかないと思っていた。

(あいつにだけ見える、めんまがいるのなら)

集が、胸に抱いた判断を。《めんま》はどう思うだろう……けれど、もう。集は止まることができなかった。

「めんま――……見せてやろうぜ。お前のこと」

集は、大きく、扉を開いた。

「あー……」

芽衣子は、まわる扇風機にむかって発声練習をしていた。

仁太は学校に行く前に、自分の部屋の窓を開け、なおかつ扇風機を置いていった。芽衣子という存在は、この季節を《暑い》と認識するのか。体感するのか。わからないまま、わざと確かめないままに。

そんな仁太の優しさと呼ぶにはもやついた気持ちを、芽衣子は扇風機のスイッチを押すことで受け入れた。

「あー……あー………」

しかし、やはり暇だ。その暇の中に、仁太を心配に思う気持ちもマーブル状に混ぜこまれているから、さらに時間を持て余す。

芽衣子は、階段を降りていった。


居間には、仏壇があった。

その存在に気づいてはいたものの、なんとなく、近寄ることが怖かった。仁太の父親が、仏壇に語りかける名前。置かれた写真の、芽衣子も知る穏やかな面影……それを、確認することがためらわれたのだ。

でも。芽衣子は、思いきって。仏壇の前の座布団に正座した。

「おばさん……」

芽衣子は、仁太の母親の写真が飾られた仏壇に、手をあわせた。幽霊が、死者の霊を慰めるという。とても奇妙な絵が、そこにはあった。

「この写真よりずっとおばさん、きれえだったよ……めんまの写真もね、あんまり好きくない写真だったの。でも、めんまいつも写真とるとき、ピースしちゃうから。ピースしてない写真、あんまりなかったのかもしれないね……?」

鈴を、チーンと鳴らす。その澄んだ音色は、ムッとぬるい室内に、清涼な余韻をもって響いていく。

「めんまも死んでるけど、めんまはとりあえず今は元気です……」

……ぽろっ。芽衣子の瞳から、あふれたもの。

「あ、あれ？　あれれ？　あれ？」

涙が、ひっきりなしにこぼれていく。手の甲で、ぬぐっても。ぬぐっても。芽衣子の涙は、とまらない。

「どうしてだろ？　おかしいね……おばさん、笑わないで？」

写真の中の、仁太の母は、穏やかに微笑んでいる。笑い声こそあげないが——そのかわりに、ピンポーン。壊れているはずのチャイムが、たからかに鳴った。

「……あれ？」

だだだっ。芽衣子は階段をあがって、仁太の部屋まで戻ってきた。

開いた窓から、ひょいと首をのばして外を見れば。

「！　……あなる!?」

玄関前に、学校帰りの鳴子が立っていた。

芽衣子は嬉《うれ》しくなって。思わず、ぶんぶんと手を振ろうとして。

（あ、あなる……幽霊めんま、怖いかな？）

芽衣子の脳裏を、昨夜の鳴子の表情がよぎった。驚いていた……目を、見開いていた。芽衣子は思う。自分が生きていたとき、あんな目をして鳴子に見られたことは、一度もなかったと。

（やっぱり、やかも）

超平和バスターズの、みんなに。自分を怖がられてしまうのが。

（……やかも）

鳴子の表情は、あきらかに強張《こわば》っていた。


チャイムを押しても、誰も出てこない。それでも鳴子は、動けなかった。

仁太は、家の中にいるんじゃないかと思っていた。居留守を使っている、だって、あの部屋の窓が開いている。

二階の、角の部屋。子供の頃と配置が変わっていなければ、あそこは仁太の部屋のはずだ。すすけたレースのカーテンが揺れている。

（めんまも……いるのかな、あの部屋に）

そこに、風が吹いた。ふっと、一瞬のことだった。

窓のカーテンが、ぶわっと風をはらんで膨らんだ。

そのカーテンが、もとに戻る際に――わずかに奇妙な《へこみ》を作った。《姿の見えない誰か》が、そこに立っているかのように。

「!!」

鳴子は、動揺した。けれど……すぐに、鼓動はゆったりと収まってきた。

変色しているはずの、レースのカーテンが。日差しの下に、鮮やかな白に浮かびあがる。その揺れが、とても優しく穏やかだったから。まるで《彼女》の、あの日着ていたワンピースのように――。

鳴子はふと、どうしようもなく、理解した。

あそこに、立っているのは。

「めんま……そこに、いるの?」

芽衣子は、小さな小さな鳴子の呟《つぶや》きを、確かに聞いた。

音として、はっきりと聞き取れたわけではないのに。口の動きや、鳴子の表情から、自分を思ってくれていることが伝わってきた。

「あ……!」

鳴子の言葉は、あきらかに《本当に、その場にいる》者にかけられた響きをもっていた。

（あなるが、めんまのこと……！）

そして、芽衣子の頬からは——またも、涙が。

「もう一度、よんで……めんまのこと。あなる……!!」

芽衣子は、部屋を飛び出した。階段を、昇ったり降りたり。なんてめまぐるしい。芽衣子の心は、飛び跳ねる。鳴子に、自分を認識してもらえた。あの頃のように、名前を呼んでもらえた。

難しいことを考える余裕なんて、もう、ない。

芽衣子は、心を躍らせたまま。玄関の扉に手をかけた——。

## 夏のケダモノ

秘密基地の中が、夕陽の赤に染まっていく。

久川の鼾《いびき》が、辺りを支配する……めんまのものとは違って、こいつの鼾はすさまじい暴君だ。

なんなんだろう、不思議な眺めだ。

なんとなく帰れない俺と、どうしてか帰ろうとしない鶴見と。ゆうべ、ろくすっぽ眠れなかったからと、来客の前でも平気でぐーがー爆睡する久川と。

でも……こいつらといると。時間が過ぎるのが、苦じゃない。

鶴見は小説を読んでいた。俺は、久川所有のどうでもいいクソゲーなんてしてたら……あっという間に数時間がたっていた。

なんか、ガキの頃みたいだ。

子供の頃は、一日があっという間だった。びっくりするほど。だけど、今はずっと家ん中にいるからか……じりじり時間がたつのを、じりじり耐えて。

でも、めんまが来てから。よどんでいた時の流れが、動きだして……。

そこで、鶴見が顔をあげた。

「……来たわね」

「えっ……」

がさごそと、地を踏む足音。そして、扉が開かれて——。

「こんばんはー……」

入ってきたのは、安城だった。鶴見は一瞬、がっかりしたような横顔をみせた。その表情の意味を、考え……るより先に。

「……げっ！」

きっと、俺の方が。みんなにとっては、衝撃の表情をしただろう。

「めんま!?」

「じんたーんっ。おひさしぶりぶりうんこー……って、そんなひさしぶりじゃないね。今度は！　ちょっと半日ぐらい！」

安城の腕にひっついて、ひょこっと顔をだしためんま。

昼間と同じように、入口前でタオルケットぐるぐるになっていた久川も、のそっと顔をあげる。

「お……んお？　じんたん？　め、めんまって言ったんか？」

「めんま……そこにいるの⁉」

しまった……！

思わず、叫んでしまった。だって、安城とめんまが一緒に登場なんて、軽く想像しようったってできるもんじゃない。

案の定、久川も鶴見も顔を強張らせている。けれど、安城は。

「……やっぱり、いるんだ」

困ったような……それでいて、ちょっと照れたような。奇妙な表情をしてみせた。

そのまま、めんまのひっついた右腕に視線をやって、

「この辺りに、いるんじゃない？　……ちょっと、重いし」

「へへっ、せいかいでーす‼」

この状況を……どう考えていいか、さっぱりわからない。

「お前ら！　どうして一緒にいるんだよ⁉」

「えっと……ちょっと、偶然、会ったっていうか」

「会ったって！　お前、めんま、見えねえじゃねえか！」

「んー、そうなんだけどさ……」

と、めんまは、俺のとこまでタタタッと駆けてきた。

「あなるねえっ。じんたんち、来てくれたんだよ！」

「！　え……」

「ずっとね、おうちの前んとこ立っててね、じんたんとめんまに、会いに来てくれたんだよ！」

安城が？　もしかして……朝のこと、気にして？

驚いて顔をあげた俺を、意味あいの違う驚きでみんなが見つめてくる。

「おいっ。なんて言ってんだよ、めんま!?」

「あ……えーっと」

「ああっ。これ、めんまんちにもあったやつだ！」

めんまはまったく空気を読まずに、鶴見が持ってきた古ぼけたコーヒーメーカーに反応した。

「……このコーヒーメーカー、うちにもあるって」

「はぁあああ!?」

ぽかんとする、ってのは、こういうことなんだな。

三人が三人、軽く口をあけて同じ顔をしてみせた……そりゃそうだ。ゆうべはろくに会話もできなかった。今が実質、初めてのコンタクトになる……のに。コーヒーメーカーの話なんて。

「できあがる、さいごにねっ。ぽこたんって言うんだよ。ぽこたんって！」

「ぽこたん……って、言うんだとさ。出来あがるとき」

「ぽこ、たん……」

あまりにも、緊張感のない台詞《せりふ》だ。わざわざ伝えるのが、恥ずかしくなるような……でも。そこで、安城が呟いた。

「……なんか、それ。めんま、言いそう」

「えっ……」

それが、きっかけになったみたいに。久川は立ちあがって、

「そーだ。これ、めんまにも飲ませてやろうぜっ！」

「！　久川……」

そのままコーヒーをマグカップに注ぎ、宙に突き出した。

「な、じんたん。めんまいる？　このへん？　このへんか？　プリーズ！」

「久川、お前……！」

「……めん、まに？」

めんまは、自分の前を、横を、ななめを移動していくマグカップの動きを、呆然《ぼうぜん》と見つめている。信じられない、といった風で。

するとと今度は、鶴見が口にした。

「……めんま、苦いのだめでしょ」

「鶴子……⁉」

「だね。あの頃と……かわらない、んだったら。牛乳、いっぱい入れてあげないと」

安城も、鶴見に続いた。

「あなる……！」

誰も――……ここにいる誰もが、ここにいるめんまを、否定しなかった。

そう、ここには――……。

「名前、だ」

ここには、めんまの名前がある。

こいつらに、めんまを幽霊やらなんやらって、思われたくなかった。

でも……そんなの、杞憂《きゆう》だったんだ。

幽霊でも、幻覚でも夏の獣でもなくて。めんまを、めんまと思う。ここには、めんまの名前がきちんと、存在してる。

姿が見えないってのに——こいつらって、やっぱり。

「あ……！」

めんまの瞳《ひとみ》から、ぶわっ。涙があふれた。

「みんな……みんな、大好きーーーッ！」

そのままめんまは、久川の腰にしがみつく。

「ぽっぽ！　ぽっぽぽ、ぽっぽーーーー!!」

「うっ!?　あ、あれ……なんだ？」

俺は、思わず。ぷっと吹きだした。

「めんまが、お前にしがみついてる」

「えっ！　め……めんまあああああ!!」

「きゃぁああ！」

「久しぶりだなぁ、おいっ。めんま……ってか、下っ腹にしがみついてるだろお前！

しょんべんしたくなっちゃうじゃねぇかよ、おい！」

久川は、嬉《うれ》しそうに辺りをグルグル回り始めた。めんまは、きゃっきゃっとそれに

追いすがろうとする。

「ぽっぽ。おしっこ行っていいよ！　めんま、連れションするよ！」

「めんま、連れションするってさ」

「おおっ、見んなよめんま！　子供にはちょろっと、刺激が強いぞ！」

「えええー」

言いながら久川とめんまは、基地の扉を出ていった——。

「つ、連れショ……って。ちょっと……ほんっとに、緊張感ない……」

安城が、呆《あき》れたように呟《つぶや》く……俺は、力が抜けて。その場にへたりこんだ。

「宿海？」

あんなに、嬉しそうなめんまの姿……。

「よかったな……」

無意識だった。思わず呟いていた俺を、鶴見は、ちらりと横目で見た。

「さっきも言ったけど……信じきった、わけじゃないのよ」

「！　……あ、ああ」

「でもね」

そして、鶴見はまっすぐに前を見た。

何かがこれから、やってくる。それを予見しているかのように——。

「信じなければ、前に進めないこともあるの」

「！　え……？」

そこで――バンッ！

「うおおおおぉぉぉおっ！！！」

「うひゃぁあああ!!」

勢いよく扉が開いた。転がるようにして、久川とめんまが駆けこんでくる。

「久川。チャック全開よ」

「お、っとソーリー……じゃねえっ！　いたっ……いたぞ!!」

「へ？　いた、って……？」

「めんまだッ!!」

「めんまだようっ!!」

「――……はぁあああああっ!?」

夏の夜を、走る。

このクソ暑さの中で、虫だけが、初秋の音色を奏でてる。

ああ……なんか俺、本当に、走りまくってるな。ゆうべも走ったこの森。

ガキの頃は、毎日走ってた、この森。

「はぁ……はあっ」

息があがる。やっぱ、相当に体力落ちてるな。俺……。

久川は、もうずっと俺の先を行ってしまった。鶴見と安城は、俺とは別の方向へと走っていった。気づけば、めんまもいない。

もう一人のめんまなんて、俺は信用しちゃいなかった。

久川が、最初にめんまを見たって騒いでたときは。まあ、あり得ない話じゃないなと思った。めんまは、俺の幻覚。だったら、他の奴に見えてたっておかしくないって。

だけど、もう、信じられない。だって、めんまは。泣き虫で、ヌケてて、なのに人の顔色ばっかりうかがって……どこまでも、悲しくなるぐらい、完全にめんまで。

幽霊と思われるくらいなら、幻覚のほうがいい。そんな考えも、もうどこにもなかった。めんまは、めんまだ。まんまめんまなんだ。

でも……それと同時に、もう一つ。別の気持ちが湧きあがっていた。

もし、本当に、めんまがもう一人いたら。

そのめんまが、誰とも一緒にいられず、一人ぼっちなんだとしたら。

そしたら——見つけてやりたい。

確認してやりたい、名前を呼んでやりたい、そう思った。たとえ俺に見えなくても、《理解して》やりたい。

めんまが味わったみたいな、自分が《ノケモノ》だって気持ちを。もう一人のめんまが、持っていたとしたら……そんなの、辛《つら》すぎるから……。

「うぉおおおおッ!!」

久川の叫びに、ハッと顔をあげる。

木々と、虫の音色は、距離感を見失わせる。気づけば、久川だけじゃない。鶴見も安城もめんまも、思ったよりずっと、近くにいた。

「いたぞ――……めんまだ!」

「えっ……!?」

久川が指さす方向――。

「!!」

視線の遥《はる》か先。木々の間を、白い影がちらりと横切った。その、夜風にひるがえる、ワンピースの裾《すそ》は――……。

「……めんま!?」

久川の声に、《めんま》は目を細めた。

見つかるはずはないと思っていた。少なくとも、追いつかれるはずはない。この森の形状は熟知していたし、《めんま》はすでに、超平和バスターズの誰よりも駆けっこがはやい。

ほんのちょっと、みんなに《めんま》の残り香を嗅《か》がせてやるだけ。

すでに、久川達はまったく別の方向を探している。

《めんま》は気づいていなかった。せっかく闇から出てきても、辺りにはもう夜が迫っている事に。

闇から、また、新たな闇に出て来てしまっただけだという事に。

「…………」

《めんま》は木陰から見つめていた。足もとの草むらを走っていく、仁太の姿を。仁太に、自分は見えていない。

そう、仁太に見えるはずがないのだ。《めんま》は、絶対に。

仁太の無様なフォームの走りに、湧きあがってくる、可笑《おか》しみ。思わず《めんま》は口元をゆがませた。

すると……知利子が、いきなり叫んだ。

「……あーあッ!!」

みんなが、知利子に注目した。もちろん、《めんま》も。

その視線を、しっかりと身体で受け止めながら。知利子は、顔をキッとあげて――そして。

「そんなでかいガタイして。いくら脛毛《すねげ》剃《そ》っても、相当無理があるわよ――……松雪、集ッ!!」

「！　え……っ」

知利子の言葉に、びくっと《めんま》は反応した。

その動揺が、思わず《逃げる》という行為に足元を動かして――ズズッ。咄嗟《とっさ》の判断が、靴の裏で、夏の雑草を大きな音量で鳴らした。

「あっ……あそこに!!」

「!?」

鳴子の声に、《めんま》の体が飛び跳ねる。

逃げろ、逃げろ《めんま》。このままじゃ、また、闇に閉じこめられる。みんなが自分を、忘れてしまう。

絶対に、忘れさせない、でも、捕まるわけにはいかない。

走る、足元も気にせず、走る。夜の森で、足元を気にしない？

そんなのは、命取り——いくら、《めんま》が足が速くても。いや、だからこそ。

出っ張った木の根に、こんな風に爪先《つまさき》がひっかかってしまったなら。その速度もあいまって、《めんま》はずるっ。足を滑らせ——。

ザザザザッ……!!

「お、おいっ。落ちた……!?」

鉄道を先頭にして、超平和バスターズが駆けつけてきた。

手にした懐中電灯で、白いワンピースの人影が、足を滑らせた辺りを照らす。しばし、電灯の光は闇の中を迷い——そして、見つけた。

「あ……っ！」

みんなが、一斉に息をのんだ。

そこで目にしたもの――……白いワンピースを身につけた、もう一人の、芽衣子の正体は。

「……ユキ、アッ」

小さく、知利子が呟《つぶや》いた。

久しぶりに、本当に久しぶりに。知利子は、彼を、あだ名で呼んだ。

それは……なんとも、無様な姿だった。

逞《たくま》しく盛り上がった二の腕が、にょっきりと、レースの縁取りから伸びている。胸元には青いリボン。もともと、そのワンピースに付属していたものではなく、芽衣子を真似してプラスしたものなのだろう。妙に張りがあり、てらてらとしている。

そして、月灯《つきあか》りに銀に輝く髪は――……集の頭から、頭皮ごと微妙にずるり。ずれて、本当の髪が下からのぞいている。

カツラだった。

しばし、呆然《ぼうぜん》と集を見つめ……仁太は、そこでハッと気づいた。

「めんま……」

芽衣子はすでに斜面を降りて、集に近づいて行くところだった。仁太は慌てて、芽衣子の後を追った。

「！　待て、めんま………⁉」

ざざっ。斜面を滑り降りて――そこで、仁太は動きを止めた。

じっと動かず、俯《うつむ》いていた集が……顔をあげたのだ。その瞳《ひとみ》は、やけにギラついていて……。

「あ……だ、大丈夫、か……？」

あまりに頼りない声で、仁太は集に問いかけた。

「大丈夫、か……？」

集は、にっ。不気味に笑んでみせた。よく見れば、その顔はいつもよりも白く、唇は薄桃色に染まっている。薄く、化粧までしているらしい。

「大丈夫に、見えるか？」

「あ……」

「ほら――よく見ろよ！」

ガッ。集はいきなり、仁太の胸倉をつかみ――そのまま、力任せに体勢を変えて、仁太の上に馬乗りになった。

「ッ……!?」

「おいっ、やめろユキア……！」

続いて、斜面を下りようとした鉄道の肩に、知利子が手を置く。

「お願い、久川。あのまま」

「へ？　で、でも！」

「チャンスなのよ……これ、逃しちゃったら――……きっと、もう」

知利子の、みんなの視線の中で。

芽衣子の姿を真似た集は、仁太に体重を乗せていく。

「なあ……めんまに見えるか？」

「く……ッ」

「めんまが、お前には見えてるんだよな？　俺、めんまに見えるか……ちゃんと、見えてるか!?」

「ユキア……ぐっ!?」

集は、仁太の胸をぐいっ。力づくで引き寄せて、息がかかるほどに顔と顔とを近づけた。

「俺のせいなんだよ」

「‼」

「あの日、めんまが死んだのは——俺のせいなんだ」

「な、なに言ってんだよ？　お前のせいなんかじゃねぇよ！　むしろ俺のせいで……

…ッ⁉」

「俺のせいなんだって、言ってんだろーがッ‼」

集は、仁太の胸倉をさらに激しく揺さぶった。

そこで、仁太は気づいた——頬の上に、ぽたぽた降ってくる、涙の粒を。

「え……？」

「俺がめんまにあんな事を言わなければ、めんまは死ななかった——……俺が、めんまを死なせたんだよ‼」

集の瞳から、ひっきりなしに零《こぼ》れる涙の雨。

「めんまが現れるとしたら、俺の前なんだ……化けてでも、呪ってでも……俺の、俺の前に……‼」

めんまが、現れるとしたら。

仁太は、ふっと視線を移動させた。二人のやりとりを、じっと芽衣子が見つめている——どこまでも、まっすぐに。

「でも、めんまは出てこなかった！　俺の前には……‼」

集の隣には、芽衣子が立っているというのに。

「だから、めんまはもういないんだ――……どこにもいないんだよッ‼」

そう、すぐそばに。抱きしめることが叶《かな》わないかわり、必死に面影を手繰り寄せ、その面影と一体化することを願う――その対象である、芽衣子がいるというのに。集は、気付く事もできない。

こんなに泣き叫んでも、こんなに恋い焦がれても。

「松雪――……め、めんま？」

仁太の気づきに、集の眉《まゆ》がぴくっと反応する。

「……え」

芽衣子が、集に近づいていって――……彼の涙を、そっとぬぐった。

「⁉　い、ま……」

集は、気づいた。あたたかな、やわらかな、何かが。自らの頬に、そっと触れて……。

「めんま……お前に、さわってる」

「あ……ぁ」

集は、がくがくと震えはじめる。

「やめ、ろ……ちが、う……ちが、ち……」

彼は、感じてしまったのだ。

頭での理解をこえて、その懐かしい温《ぬく》もりで、芽衣子を。

混乱していた。否定したかった。それでいて、受け入れたかった。

ずっとずっと、求めていた。芽衣子を。

芽衣子は、仁太を見て……耳元で、小さく。何事かを呟《つぶや》いた。仁太は、芽衣子の気持ちを受け止めて……こくりと、頷《うなず》いた。

「めんまが……言ってる」

「えっ……」

「パッチン、ありがとね。ごめんねって、言ってる……」

「!!」

びくんっ。集の体が大きく跳ねて、仁太の上から逃げるようにして飛び降りた。

「松雪……!!」

そのまま集は、斜面を駆け上がっていく。

「お、おいっ。ユキアツ……！」

動揺する、鉄道を、鳴子を。集は無視して――そして、知利子の横をも。素通りしていった。

「…………」

知利子は、大きく一つ。息をついた。普段は寒がりな、知利子のシャツの背中は。汗で、びっしょりと濡《ぬ》れていた――。

集の、あの日。忘れられない、記憶。

あの日の集は、秘密基地から飛び出していった仁太――を、追いかけていった芽衣子――を追いかけた。

「待ってよ、めんま！」

「ま、待てないよ！　はやくしないと、じんたん行っちゃ……」

「ほっとけばいいよ、あんなやつ！」

集の叫びに、芽衣子は思わず足を止めた。

「めんまは、ブスなんかじゃない……」

ショートパンツの、ポケットに。がさがさと手を入れて……集は、ヘアピンを取り出した。小さな、ピンクの花のついた。

「これ」

「え……」

「パッチン。似合うと思ったんだ、めんまに」

一か月前に、買った。ずっと渡したかった。タイミングがなかなかつかめなかった
——今だと、思った。

集は、顔を赤くして。芽衣子の顔を見ずに、叫んだ。

「俺の大好きな、めんまに————……！」

告白。集にとっても、そして、それを捧《ささ》げられた芽衣子にとっても、初めての告白
だった。それを……。

「あ……ご、ごめんねっ！」

芽衣子は、慌てた声音でかき消した。

「えっ……」

「あのっ……じんたん、行っちゃうからっ！　えっと、ごめんね……また今度ねっ！」

ぱたぱたと、走り去っていく芽衣子。

その背中を集は、ただただ、見送るしかできなかった。そして——。

「……くそっ！」

叫びと共に、手にしたヘアピンを、草むらに投げつけた。

そのヘアピンと、そっくりなヘアピンを……集が手にした《めんま》は、しっかりとつけていた。

もうそれは《めんま》ではなく、集の執着の残骸《ざんがい》……ただのカツラだった。パッチンがついた、芽衣子の抜け殻。

集は、橋のたもとに腰をかけて、カツラをじっと見つめていた。足もとにはワンピース……タンクトップとハーフパンツの、ラフな姿の上に、ただがばっと羽織っただけだった。

簡単に、集は《めんま》を脱ぎすてることができるようにしていたのだ……心まで、そんな風に。簡単に脱ぎ着ができたなら、救われたのかもしれないけれど。

「無様ね」

ハッと顔をあげる。

そこには、知利子が立っていた。集を追いかけて来たのだ。

「……満足か？」

「…………」

「気づいてたくせに、全部……」

「気づいてほしかったんじゃないの？」

知利子は、集がこのワンピースを、どこで買ったのか知っていた。

学校帰りに、買い物につきあわされたのだ。ワンピースだけではない、ヘアピンも。カツラまで持っているとは、さすがに驚いたが。

知利子は、その用途を聞こうとしなかったし、集もそれを説明しようとはしなかった。それでよかった。

無言のうちに、自分達の抱えている《芽衣子への傷》を共有しあう。それが、幼い頃とは違い、この二人に新たに附属された関係だった。

関係だった――……はずだった。

なのに、知利子は。

「どうして、裏切った？」

「…………」

「なにがしたいんだよ、お前」

(私は……なにがしたい？)

知利子にも、自分の気持ちは、はっきりとはわからなかった。

ただ、知利子は、集を救いたいと思った。彼を、《めんま》という闇から引っ張りあげたいと……。

無理だと、わかっていた。そんなことは。ただ、集を傷つけるだけの結果になるかもしれないと。でも、知利子は思った。

(私も、ちゃんと、傷つくから)

「貸して」

「あ……っ」

知利子は、集の足元から。ワンピースを拾いあげると……。

ぱさ……っ。

その大きなワンピースを、自らの服の上からかぶった。

集が手にしていたカツラも奪い取り、頭の上に乗せる。さっさっと、軽く銀の髪をととのえると——知利子は、《まったくめんまそっくり》の姿になった。

「めんま……!」

集は、目の前にあらわれためんまに、涙した。

そして、めんまに《まったくそっくり》な、知利子の腰に。崩れ落ちるようにして、抱きついた。

知利子は、集の髪を撫《な》でた。薄茶色の柔らかな、かすかに夏草の香りのする髪を。

「めんま……もう、離れないでくれ。俺から……」

集は、知利子の腰に何度も頬ずりをした。知利子は、穏やかに微笑んだ。そして、こくりと頷いた。

「わかった……ずっと、そばにいるわ。ユキアツ」

ずっと、そばにいるわ。


……知利子は、ちゃんと傷ついた。

実際に起こりうることのない、思いを巡らせて。手にしたワンピースを、ただ、じっと見つめるしかできなかった。

(私が、めんまの姿に、なれるはずない……)

集は、ゆっくりと立ち上がった。

「……どこに行くの？」

「帰るに、決まってるだろ」

「ワンピースは？」

「返せよ」

「…………」

知利子が、ワンピースを差し出すと。集はそれをひったくるようにして、歩き出した。

その背中を、見送りながら。知利子は考えていた——どうすれば、この長い夜に終わりがくるのか。知利子にはわからなかった。

痛かった。知利子は、傷ついた。

でも、泣いてはいけない。

目の前の集は、それ以上に傷ついているのだから。

集の《めんま》は、消えた。

でも——……消えた、ように見えるだけで。ここにも、あそこにも。あちこちに《めんま》はいた。

誰もが、《めんま》から逃れられずに。《めんま》の面影に、足をとられ。

月灯《つきあか》りに照らされる、川の流れ。さらさらと涼やかに響く水の音は《永遠に許されない》と、囁《ささや》いていた——。

# 俺とめんま

久川と安城と別れて。俺は、めんまと帰り道を歩いていた。

めんまは、あれだけお喋《しゃべ》りなめんまは。一言も発しようとしなかった。だから、俺も……ただ、黙って。歩いた。

松雪につかみあげられた胸元が、まだ、じんわりと熱をもっていた。

めんまに、何か声をかけたかった。でも、なんて声をかけたらいいか、言葉が見つからなかった。

もしかして、めんまも、同じ気持ちなのかもしれない。何か、喋りたいのかもしれない……でも。

時おり浮かぶ、松雪の、あの姿に。

すべての言葉は、喉《のど》まであがってくる前に、もやもやとした思いにかき消されていった。

暗い田舎道。街灯が、ぽつり、ぽつり……ひとつひとつの配置の、距離があきすぎてる。めんまの姿が、ぽうっと照らしだされたと思っても、またすぐ、闇に消えてしまう。

はやく、朝になれ。

まだ浅い夜に、俺は願った。

はやく朝になって……めんまの笑顔を、照らしてくれ。

# きおくそのさん

タオルクラゲの白い花が、消えていく。

消える瞬間に、お願いをしなけりゃ。それは流れ星もおなじこと、消えるものには願いをかける。

なんてお願いしようか?

だめだ、もう消えてしまう。行かないで白い花。頭がまわらないけれど、そうだ、どうか……。


どうか、また、会えますように。

《つづく》

本書は『ダ・ヴィンチ』（二〇一一年三月号〜七月号）に連載されたものに加筆・修整をし、大幅に書き下ろしを加えたMF文庫ダ・ヴィンチ『あの日見た花の名前を僕達はまだ知らない。上』を角川文庫化したものです。

# あの日《ひ》見《み》た花《はな》の名前《なまえ》を僕達《ぼくたち》はまだ知《し》らない。上

## 岡《おか》田《だ》磨《ま》里《り》

平成28年 6月25日　初版発行
令和6年 12月15日　12版発行

発行者●山下直久

発行●株式会社KADOKAWA
〒102-8177　東京都千代田区富士見2-13-3
電話　0570-002-301（ナビダイヤル）

角川文庫 19804

印刷所●株式会社KADOKAWA
製本所●株式会社KADOKAWA

表紙画●和田三造



●お問い合わせ
https://www.kadokawa.co.jp/（「お問い合わせ」へお進みください）
※内容によっては、お答えできない場合があります。
※サポートは日本国内のみとさせていただきます。
※Japanese text only


ISBN978-4-04-102620-5　C0193

◆◇◇

# 角川文庫発刊に際して

角川源義

第二次世界大戦の敗北は、軍事力の敗北であった以上に、私たちの若い文化力の敗退であった。私たちの文化が戦争に対して如何に無力であり、単なるあだ花に過ぎなかったかを、私たちは身を以て体験し痛感した。西洋近代文化の摂取にとって、明治以後八十年の歳月は決して短かすぎたとは言えない。にもかかわらず、近代文化の伝統を確立し、自由な批判と柔軟な良識に富む文化層として自らを形成することに私たちは失敗して来た。そしてこれは、各層への文化の普及滲透を任務とする出版人の責任でもあった。

一九四五年以来、私たちは再び振出しに戻り、第一歩から踏み出すことを余儀なくされた。これは大きな不幸ではあるが、反面、これまでの混沌・未熟・歪曲の中にあった我が国の文化に秩序と確たる基礎を齎らすためには絶好の機会でもある。角川書店は、このような祖国の文化的危機にあたり、微力をも顧みず再建の礎石たるべき抱負と決意とをもって出発したが、ここに創立以来の念願を果すべく角川文庫を発刊する。これまで刊行されたあらゆる全集叢書文庫類の長所と短所とを検討し、古今東西の不朽の典籍を、良心的編集のもとに、廉価に、そして書架にふさわしい美本として、多くのひとびとに提供しようとする。しかし私たちは徒らに百科全書的な知識のジレッタントを作ることを目的とせず、あくまで祖国の文化に秩序と再建への道を示し、この文庫を角川書店の栄ある事業として、今後永久に継続発展せしめ、学芸と教養との殿堂として大成せんことを期したい。多くの読書子の愛情ある忠言と支持とによって、この希望と抱負とを完遂せしめられんことを願う。

一九四九年五月三日

# 角川文庫ベストセラー

## バッテリー　全六巻　　あさのあつこ

中学入学直前の春、岡山県の県境の町に引っ越してきた巧。ピッチャーとしての自分の才能を信じ切る彼の前に、同級生の豪が現れ!? 二人なら「最高のバッテリー」になれる！ 世代を超えるベストセラー!!

## 星やどりの声　　朝井リョウ

東京ではない海の見える町で、亡くなった父の残した喫茶店を営むある一家に降りそそぐ奇跡。才能きらめく直木賞受賞作家が、学生時代最後の夏に書き綴った、ある一家が「家族」を卒業する物語。

## きみが見つける物語　十代のための新名作　スクール編　　編／角川文庫編集部

小説には、毎日を輝かせる鍵がある。読者と選んだ好評アンソロジーシリーズ。スクール編には、あさのあつこ、恩田陸、加納朋子、北村薫、豊島ミホ、はやみねかおる、村上春樹の短編を収録。

## きみが見つける物語　十代のための新名作　放課後編　　編／角川文庫編集部

学校から一歩足を踏み出せば、そこには日常のささやかな謎や冒険が待ち受けている——。読者と選んだ好評アンソロジーシリーズ。放課後編には、浅田次郎、石田衣良、橋本紡、星新一、宮部みゆきの短編を収録。

## きみが見つける物語　十代のための新名作　休日編　　編／角川文庫編集部

とびっきりの解放感で校門を飛び出す。この瞬間は嫌なこともすべて忘れて……読者と選んだ好評アンソロジーシリーズ。休日編には角田光代、恒川光太郎、万城目学、森絵都、米澤穂信の傑作短編を収録。

# 角川文庫ベストセラー

# 角川文庫ベストセラー

## きみが見つける物語
十代のための新名作　オトナの話編

編／角川文庫編集部

大人になったきみの姿がきっとみつかる、がんばる大人の物語。読者と選んだ好評アンソロジーシリーズ。オトナの話編には、大崎善生、奥田英朗、原田宗典、森絵都、山本文緒の傑作短編を収録。

## きみが見つける物語
十代のための新名作　運命の出会い編

編／角川文庫編集部

部活、恋愛、友達、宝物、出逢いと別れ……少年少女小説の名手たちが綴った短編青春小説6編を集めた、極上のアンソロジー。あさのあつこ、魚住直子、角田光代、笹生陽子、森絵都、椰月美智子の作品を収録。

## 不思議の扉
時をかける恋

編／大森　望

不思議な味わいの作品を集めたアンソロジー。ひとたび眠るといつ目覚めるかわからない彼女との一瞬の再会を待つ恋……梶尾真治、恩田陸、乙一、貴子潤一郎、太宰治、ジャック・フィニイの傑作短編を収録。

## 不思議の扉
時間がいっぱい

編／大森　望

同じ時間が何度も繰り返すとしたら？　時間を超えて追いかけてくる女がいたら？　筒井康隆、大槻ケンヂ、牧野修、谷川流、星新一、大井三重子、フィッツジェラルド描く、時間にまつわる奇想天外な物語！

## 不思議の扉
ありえない恋

編／大森　望

庭のサルスベリが恋したり、愛する妻が鳥になったり、腕だけに愛情を寄せたり。梨木香歩、椎名誠、川上弘美、シオドア・スタージョン、三崎亜記、小林泰三、万城目学、川端康成が、究極の愛に挑む！

# 角川文庫ベストセラー

白の鳥と黒の鳥　いしいしんじ

はつかねずみとやくざ者の淫靡な恋。山奥の村で繰り広げられる天国に似た数日間のできごと――など、奇妙なひとたちがうたいあげる、ファニーで切実な愛の賛歌！

サマーウォーズ　岩井恭平

数学しか取り柄がない高校生の健二は、憧れの先輩・夏希に、婚約者のふりをするバイトを依頼される。一緒に向かった先輩の実家は田舎の大家族で⁉新しい家族の絆を描く熱くてやさしい夏の物語。

GOTH　夜の章・僕の章　乙一

連続殺人犯の日記帳を拾った森野夜は、未発見の死体を見物に行こうと「僕」を誘う……人間の残酷な面を覗きたがる者〈GOTH〉を描き本格ミステリ大賞に輝いた乙一の出世作。「夜」を巡る短篇3作を収録。

失はれる物語　乙一

事故で全身不随となり、触覚以外の感覚を失った私。ピアニストである妻は私の腕を鍵盤代わりに「演奏」を続ける。絶望の果てに私が下した選択とは？　珠玉6作品に加え「ボクの賢いパンツくん」を初収録。

RDG　レッドデータガール　はじめてのお使い　荻原規子

世界遺産の熊野、玉倉山の神社で泉水子は学校と家の往復だけで育つ。高校は幼なじみの深行と東京の鳳城学園への入学を決められ、修学旅行先の東京で姫神という謎の存在が現れる。現代ファンタジー最高傑作！

# 角川文庫ベストセラー

**RDG2 レッドデータガール はじめてのお化粧**　荻原規子

東京の鳳城学園に入学した泉水子はルームメイトの真響と親しくなる。しかし、泉水子がクラスメイトの正体を見抜いたことから、事態は急転する。生徒は特殊な理由から学園に集められていた……!!

**RDG3 レッドデータガール 夏休みの過ごしかた**　荻原規子

学園祭の企画準備で、夏休みに泉水子たち生徒会執行部は、真響の地元・長野県戸隠で合宿をすることになる。そこで、宗田三姉弟の謎に迫る大事件が……！ 大人気RDGシリーズ第3巻!!

**RDG4 レッドデータガール 世界遺産の少女**　荻原規子

夏休みの終わりに学園に戻った泉水子は、〈戦国学園祭〉の準備に追われる。衣装の着付け講習会で急遽、モデルを務めることになった泉水子だったが……物語はいよいよ佳境へ！ RDGシリーズ第4巻!!

**RDG5 レッドデータガール 学園の一番長い日**　荻原規子

いよいよ始まった戦国学園祭。八王子城攻めに見立てた合戦ゲーム中、高柳が仕掛けた罠にはまってしまったことを知った泉水子は、怒りを抑えられなくなる。ついに動きだした泉水子の運命は……大人気第5巻。

**RDG6 レッドデータガール 星降る夜に願うこと**　荻原規子

泉水子は学園トップと判定されるが…。国際自然保護連合は、人間を救済する人間の世界遺産を見つけだすため、動き始めた。泉水子と深行は、誰も思いつかない道へと踏みだす。ついにRDGシリーズ完結！

# 角川文庫ベストセラー

櫻子さんの足下には死体が埋まっている　太田紫織

平凡な高校生の僕は、お屋敷に住む美人なお嬢様、櫻子さんと知り合いだ。でも彼女は普通じゃない。なんと骨が大好きで、骨と死体の状態から、真実を導くことが出来るのだ。そして僕まで事件に巻き込まれ……。

櫻子さんの足下には死体が埋まっている　骨と石榴と夏休み　太田紫織

平凡な高校生の僕の夏休みは、三度の飯より骨が好きなお嬢様・櫻子さんと過ごすことで、劇的に刺激的なものになる。母にまつわる事件から、人間の悲しさと美しさを描き出す、新感覚ライトミステリ第2弾。

櫻子さんの足下には死体が埋まっている　雨と九月と君の嘘　太田紫織

骨が大好きなお嬢様、櫻子さんが、僕、正太郎の高校の文化祭にやってきた！　けれど理科準備室でなんと人間の骨をみつけて……。ほか、呪われた犬との遭遇などバラエティ豊かに贈る第三弾！

櫻子さんの足下には死体が埋まっている　蝶は十一月に消えた　太田紫織

北海道は旭川。僕、正太郎は、骨を偏愛する美女、櫻子さんと、担任の磯崎先生と共に、森へフィールドワークに出かける。けれどそこに、先生のかつての教え子失踪の報せが届き……。大人気シリーズ第4弾！

櫻子さんの足下には死体が埋まっている　冬の記憶と時の地図　太田紫織

平凡な高校生の正太郎と、鋭い観察眼を持つ骨フェチ美女の櫻子。息の合ったコンビで、死にまつわる謎を解明してきた二人だが、因縁の事件の調査のため、函館に旅をすることになり……。シリーズ初の長編！

# 角川文庫ベストセラー

櫻子さんの足下には死体が埋まっている
白から始まる秘密
太田紫織
櫻子と捜査中に怪我を負った正太郎。櫻子はこれ以上
正太郎を危険にさらすまいと、距離を置くことにする。再び櫻子と共に事件を追いかけたいと思う正太郎は……櫻子と正太郎の出会いも描かれる珠玉の作品集！
櫻子さんの足下には死体が埋まっている
謡う指先
太田紫織

シリアルキラー・花房の影に怯えつつも、櫻子と過ごす時間を幸せに思う正太郎。厳寒の2月、正太郎は櫻子と親しい薔子に頼まれて、とある別荘の遺品整理に行く事に。櫻子も一緒に、冬の雪山を楽しむが……。

大泉エッセイ
僕が綴った16年
大泉洋

大泉洋が1997年から綴った18年分の大人気エッセイ集（本書で2年分を追記）。文庫版では大量書き下ろし（結婚&家族について語る！）。あだち充との対談も収録。大泉節全開、笑って泣ける1冊。

心霊探偵八雲1
赤い瞳は知っている
神永学

死者の魂を見ることができる不思議な能力を持つ大学生・斉藤八雲。ある日、学内で起こった幽霊騒動を調査することになるが……次々と起こる怪事件の謎に八雲が迫るハイスピード・スピリチュアル・ミステリ。

心霊探偵八雲2
魂をつなぐもの
神永学

恐ろしい幽霊体験をしたという友達から、相談を受けた晴香は、八雲のもとを再び訪れる。そんなとき、世間では不可解な連続少女誘拐殺人事件が発生。晴香も巻き込まれ、絶体絶命の危機に――!?

# 角川文庫ベストセラー

心霊探偵八雲3 闇の先にある光　神永学

「飛び降り自殺を繰り返す女の霊を見た」という目撃者の依頼で調査に乗り出した八雲の前に八雲と同じく〝死者の魂が見える〟という怪しげな霊媒師が現れる。なんとその男の両目は真っ赤に染まっていた⁉

心霊探偵八雲4 守るべき想い　神永学逃亡中の殺人犯が左手首だけを残し、骨まで燃え尽きた異常な状態で発見された。人間業とは思えないその状況を解明するため、再び八雲が立ち上がる！「人体自然発火現象」の真相とは？

心霊探偵八雲5 つながる想い　神永学15年前に起きた一家惨殺事件。逃亡中だった容疑者が、突然姿を現した⁉　そして八雲、さらには捜査中の後藤刑事までもが行方不明に――。冬とともに八雲に最大の危機が訪れる。

心霊探偵八雲 SECRET FILES 絆　神永学それはまだ、八雲が晴香と出会う前の話――クラスで浮いた存在の少年・八雲を心配して、八雲が住む寺にやってきた担任教師の明美は、そこで運命の出会いを果たすが⁉　少年時代の八雲を描く番外編。

心霊探偵八雲6 失意の果てに (上)(下)　神永学〝絶対的な悪意〟七瀬美雪が逮捕され、平穏が訪れたかに思えたのもつかの間、収監された美雪は、自ら呼び出した後藤と石井に告げる――私は、拘置所の中から斉藤一心を殺す……八雲と晴香に最大の悲劇が⁉

# 角川文庫ベストセラー

## 心霊探偵八雲7
魂の行方

神永学

晴香のもとにかつての教え子から助けを求める電話が⁉　一方、七瀬美雪を乗せた護送車が事故を起こし……事件を追い、八雲たちは、鬼が棲むという伝説が伝えられる信州鬼無里へ向かう。

## 心霊探偵八雲8
失われた魂

神永学

目を覚ました八雲の側にあった、血まみれの遺体。もしかして自分が⁉　混乱する八雲は、ひとまずその場を離れることに。一方、行方不明の八雲を探す後藤と晴香は、驚がくの事件に巻き込まれ⁉　緊迫の第8弾‼

## 心霊探偵八雲
ANOTHER FILES　いつわりの樹

神永学

神社の境内にある樹齢千年を超える杉の前で、刺殺体が発見される。被害者は、高校時代に石井をいじめていた望月だった。この事件をきっかけに、過去と向き合うことになった石井。彼の隠された秘密とは…。

## 心霊探偵八雲
ANOTHER FILES　祈りの柩

神永学

大学生の佐和子は、恐ろしい噂がある泉でずぶ濡れの女の幽霊を目撃してから、謎の歌を口にし始める――。八雲に持ち込まれた幽霊騒動は、語られることのなかった後藤刑事の過去へとつながっていた⁉

## 心霊探偵八雲9
救いの魂

神永学

刑事を懲戒免職になり、心霊専門の探偵を始めた後藤に持ち込まれたある相談。そのころ、樹海では大学生が腐敗した遺体を発見し――⁉　八雲に迫る最大の危機、物語はシリーズ最高のクライマックスへ！

# 角川文庫ベストセラー

**少女七竈と七人の可愛そうな大人**　桜庭一樹

いんらんの母から生まれた少女、七竈は自らの美しさを呪い、鉄道模型と幼馴染みの雪風だけを友に、孤高の日々をおくるが――。直木賞作家のブレイクポイントとなった、こよなくせつない青春小説。

**道徳という名の少年**　桜庭一樹

愛するその「手」に抱かれてわたしは天国を見る――エロスと魔法と音楽に溢れたファンタジック連作集。榎本正樹によるインタヴュー集大成「桜庭一樹クロニクル2006―2012」も同時収録!!

**GOSICK―ゴシック―　全9巻**　桜庭一樹

20世紀初頭、ヨーロッパの小国ソヴュール。東洋の島国から留学してきた久城一弥と、超頭脳の美少女ヴィクトリカのコンビが不思議な事件に挑む――キュートでダークなミステリ・シリーズ!!

**GOSICKs―ゴシックエス―　全4巻**　桜庭一樹

ヨーロッパの小国ソヴュールに留学してきた少年、一弥は新しい環境に馴染めず、孤独な日々を過ごしていたが、ある事件が彼を不思議な少女と結びつける――名探偵コンビの日常を描く外伝シリーズ。

**ふちなしのかがみ**　辻村深月

冬也に一目惚れした加奈子は、恋の行方を知りたくて禁断の占いに手を出してしまう。鏡の前に蠟燭を並べ、向こうを見ると――子どもの頃、誰もが覗き込んだ異界への扉を、青春ミステリの旗手が鮮やかに描く。

# 角川文庫ベストセラー

PSYCHO-PASS サイコパス (上)　深見 真

2112年。人間の心理傾向を数値化できるようになった世界。新人刑事・朱は、犯罪係数が上昇した《潜在犯》を追い現場を駆ける。本書には、朱らに立ちはだかる男・槙島の内面が垣間見える追加シーンも加筆。

PSYCHO-PASS サイコパス (下)　深見 真

槙島は、狡噛が《執行官》に堕ちたキッカケに繋がる男でもあった。槙島が糸を引く猟奇殺人により、新人刑事・朱や狡噛の日常の均衡は崩される。本書には、狡噛や槙島たちの内面が垣間見える追加シーンも加筆。

艦隊これくしょん -艦これ- 艦娘型録 携行型 2014年版　原作／「艦これ」運営鎮守府

2014年6月に発売された単行本『艦隊これくしょん -艦これ- 艦娘型録』に掲載された艦娘の紹介部分のみをまとめた文庫版となります。掲載艦娘は2014年4月23日時点のものです。

小説 秒速5センチメートル　新海 誠

「桜の花びらの落ちるスピードだよ。秒速5センチメートル」。いつも大切な事を教えてくれた明里、彼女を守ろうとした貴樹。恋心の彷徨を描く劇場アニメーション『秒速5センチメートル』を監督自ら小説化。

小説 言の葉の庭　新海 誠

雨の朝、高校生の孝雄と、謎めいた年上の女性・雪野は出会った。雨と緑に彩られた一夏を描く青春小説。劇場アニメーション『言の葉の庭』を、監督自ら小説化。アニメにはなかった人物やエピソードも多数。